I0725937

LA JEUNE FILLE DES BRUMES

LES GARDIENS DE LA PIERRE

TANYA ANNE CROSBY

Traduction par

EMMA CAZABONNE

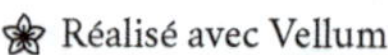 Réalisé avec Vellum

« L'amour, l'honneur, le suspense, la passion...
toutes les bonnes choses que nous aimons dans
une romance sur les Highlanders. »

— SUZAN TISDALE, AUTEUR À SUCCÈS DE
ROWAN'S LADY

SÉRIE LES GARDIENS DE LA
PIERRE

Disponibles aussi en livres audio :

Une légende des Highlands
    Le Promis des Highlands
    L'Épée des Highlands
    Tempête dans les Highlands
    La Jeune Fille des brumes

Sur le même thème :

Les Demoiselles des Highlands

L'Épouse du MacKinnon
    Le Cadeau de Lyon
    À Genoux devant elle
    Cœur de lion
    Une mélodie des Highlands
    L'Espoir des MacKinnon
    &
    Un ange de feu

L'ÉCOSSE MÉDIÉVALE

« Les choses qu'un homme a entendues et vues
sont les fils avec lesquels il tisse sa vie ; qui veut
et peut les tirer soigneusement du confus fuseau
de la mémoire peut les tisser en vêtement de
croyance, selon sa foi en le meilleur. »

— W.B. YEATS, LE CRÉPUSCULE CELTIQUE

PRÉFACE

Sur le Minch s'élève l'étoile du destin au-
dessus de l'écume,
Guidant une jeune fille au cœur pur à travers
la brume.
Avec ses longs cheveux soyeux et son teint si
clair,
Elle attirera un lion hors de son repaire.

— PROPHÉTIE DE LA JEUNE FILLE

PROLOGUE

DONJON DE DUNRÒNAIGH, SUR L'ÎLE DE RÒNAIGH, NOVEMBRE 1135

Caden Mac Swein saisit la hallebarde de son grand-père accrochée au mur. Il recula d'un pas pour brandir l'arme pesante et recentrer son poids.

— Combien ?

— Cinquante, plus très loin d'après ce qu'on sait.

Il brandit de nouveau la hallebarde, jurant dans sa barbe. En solide bois de frêne, le manche de la grande hache faisait presque un mètre et demi de long. La lame était en fer robuste, longue de quatre-vingts centimètres et liserée d'acier fin. Au total, l'arme faisait un mètre quatre-vingts de long et pesait plus de douze kilos. Seul un homme de la taille et de la force de Caden était capable de la manier, et quiconque à portée de son bras pourrait témoigner de ses prouesses avec cette arme.

À condition d'avoir encore une tête pour s'exprimer.

Il passa ses doigts calleux sur la lame tranchante. La hallebarde viking était son premier choix, loin devant la grande épée. Elle avait jadis appartenu à son trisaïeul Sven du Nord. On l'appelait « la Bête ». Et dès qu'on la brandissait, elle atteignait infailliblement sa cible.

Accoutré pour le combat, le jeune Davie entra précipitamment dans la salle, portant la grande épée de son père. À treize ans, le garçon était petit pour son âge. Sa claymore était presque aussi grande que lui.

— Ils se rassemblent près de la grotte du Géant, annonça-t-il. Allons-y, on va les faire disparaître de nos terres !

Caden fronça les sourcils. La grotte du Géant était une grotte marine au plafond si haut qu'il créait de l'écho. Elle était assez profonde pour dissimuler plus d'une cinquantaine d'hommes. Si certains y étaient cachés, il serait difficile de dire combien. Il était crucial de savoir combien d'hommes exactement ils allaient affronter aujourd'hui. Avec leur petit nombre, ils ne pouvaient pas se permettre de prendre des risques.

— Ils sont entrés ? demanda-t-il à son petit frère, se rendant compte que Davie devait les avoir espionnés de la haute tour.

Construit par leurs ancêtres, le donjon de Dunrònaigh était le « laird de la mer du Nord ». Sa présence durable défiait même les kelpies régnant sur les eaux du Minch.

— Non, répondit son frère.

— Bon, fit Caden. Bon, répéta-t-il en opinant de la tête.

Ils avaient l'immense chance que la grotte littorale soit hantée et maudite. La plupart des vivants n'osaient jamais s'aventurer à l'intérieur, là où les ossements de malheureux pendaient toujours aux stalactites de la voûte. Piégés par la marée, leurs corps avaient été soulevés trop haut pour qu'on puisse les récupérer. Amarrés jusque dans la mort, les os frissonnants, ils attendaient que la mer vienne les reprendre. Et elle le ferait un jour, car leur mer était vengeresse. Aucun homme ayant jamais traversé le détroit du Minch ne pourrait prétendre que les Hommes Bleus n'étaient pas les ennemis les plus féroces. Tous les Scots des îles occidentales en avaient peur, bien qu'apparemment pas assez pour éloigner leurs bottes sales du rivage de Caden.

— Allons-y ! Je suis prêt ! lança Davie, tout en soulevant avec peine la claymore de leur père.

— Non, tu es loin d'être prêt, Davie, rétorqua Caden, l'inspectant avec un vif mécontentement.

Le heaume du garçon retombait sur ses grands yeux bleus.

— Si, je suis prêt ! insista-t-il. Tu ne peux pas m'empêcher d'y aller, Caden ! Je suis assez grand.

Il jeta un coup d'œil à Alec, espérant gagner la faveur du capitaine, conscient que c'était le seul homme que Caden écoutait. Mais Alec, judicieusement, détourna le regard.

— Aujourd'hui, reprit Davie, je vais me battre comme un homme aux côtés de mon frère !

— Non, mon petit Davie, répéta Caden sur un ton plus doux. Tu m'es plus utile ici.

Ici. C'est-à-dire à l'intérieur du donjon. Loin de l'océan de lames sanguinaires.

Caden était le troisième de cinq fils. Malgré leurs gloires passées, seuls restaient le petit Davie et lui-même. Leur ancêtre Conn Cétchathach – Conn aux Cent Batailles – avait été Roi suprême d'Irlande. Le jeune Davie n'était guère plus qu'un enfant, mais il avait déjà été témoin d'un quart des batailles de Conn. L'un d'entre eux, Caden ou Davie, devait survivre et finir ses jours avec tous ses membres et sa tête intacts. Caden avait bien l'intention que ce soit Davie.

Le petit garçon au visage couvert de taches de rousseur fit la moue et serra la mâchoire.

— Davie, essaya de le raisonner Caden. L'un de nous deux *doit vraiment* rester ici et garder le donjon. C'est un honneur, mon frère. Le donjon de Dunrònaigh est le cœur de Rònaigh, la gloire de notre peuple. Si nous sommes vaincus, qui conduira notre peuple vers les bateaux ? Qui les commandera si je suis tué ?

— *Gonadh !* Sapristi ! C'est un travail de femme que tu me laisses !

Caden posa la main sur l'épaule de son frère.

— Garder le siège du laird et tout ce qui nous est cher ? Non, mon frère, c'est une tâche digne d'un chef.

Non convaincu, Davie fit la moue.

— Eh bien, fais-le toi-même !

Caden resserra les doigts sur l'épaule de son frère. Il endurcit sa voix, ainsi que son cœur.

— *Dùin do ghob !* Silence ! L'un d'entre nous doit mener cette bataille, et tant que tu ne pourras pas manier cette hallebarde, ce ne sera pas toi. Tu m'entends ?

Davie releva le menton.

— S'il te plaît, Caden, supplia-t-il. S'il te plaît. Je suis un homme maintenant !

— Non ! insista Caden en fronçant les sourcils. Un homme ne dit jamais qu'il en est un, Davie. Je ne céderai pas.

Ils n'avaient même plus de femmes nobles pour renforcer leurs alliances à l'étranger. Cette décision n'était pas ouverte à la discussion. Son frère ne combattrait *pas* ce jour-là. Il resterait en sécurité dans le donjon, afin de survivre pour pouvoir se battre un jour. Ils se fixèrent des yeux. Pour renforcer ses propos, Caden tendit la Bête à son frère. Elle tomba par terre avec un bruit sourd, ses pointes de fer éraflant la pierre. Elle faillit atterrir sur le pied de Davie, et le fracas rivalisa avec l'écho de la grotte du Géant.

Davie regarda fixement la hallebarde viking, les sourcils froncés de colère.

Il n'y avait rien à ajouter. Davie pouvait bien faire la tête, Caden s'était fait comprendre. Le jeune garçon laissa Caden ramasser son arme sans un mot. Il foudroyait toujours Caden du regard quand ce dernier se dirigea vers la porte. Tous les hommes attendant dans la grande salle s'alignèrent derrière lui. Son capitaine se précipita pour venir se placer à son côté. Seulement après qu'ils furent sortis, Caden se retourna et lui ordonna :

— Veille à ce que mon frère reste à l'intérieur du donjon.

— Je vais essayer.

— Non ! tonitrua Caden. Tu ne vas pas *essayer*, tu vas *le faire*, Alec. S'il arrive quelque chose à mon frère, j'aurai ta tête, dit-il en brandissant sa hallebarde à deux mains d'un geste menaçant.

C'était une promesse hardie, que Caden Mac Swein ne mettrait jamais à exécution contre son ami et conseiller le plus proche. Mais Alec comprenait la résolution de son laird, mieux que la plupart. Caden protégerait coûte que coûte le plus jeune survivant des Mac Swein des maux de la guerre. Peu importe qu'il soit couvert d'une douzaine de cicatrices du menton jusqu'aux orteils, mieux valait que ce soit lui plutôt que le jeune Davie.

Au bout du compte, Davie serait celui qui dirigerait leur clan et Caden n'aurait pas à supporter la perte d'un frère de plus. Cela étant, Alec lui-même ne pouvait pas s'offrir le luxe de rester à l'intérieur de la tour, car leur nombre était trop réduit après tant d'escarmouches entre eux et les MacLeod. S'il le fallait, ce serait un bon jour pour mourir.

Le soleil brillait dans un beau ciel bleu. La mer elle-même grondait, transformant l'écume de novembre en cristal. Au sommet de la tour ancienne de Dunrònaigh, l'étendard des Mac Swein flottait dans la brise vengeresse, un lion rampant tenant un arc. Les puissantes mâchoires du félidé craquèrent et le vent rugit dans son large rictus. Là-bas, près de la grotte marine, une foule d'usurpateurs attendaient d'être repoussés, leurs armes en acier brillant malicieusement sous un soleil impitoyable.

Trois autres bateaux fendaient l'écume, leur nombre augmentant d'heure en heure. Heureusement, ils ne pouvaient débarquer qu'à un seul endroit : sur la petite plage étroite. Partout ailleurs, ils risquaient de briser leurs chaloupes contre les falaises de Rònaigh. Sur une île aussi petite, leur force militaire était maigre, mais tous ses habitants, hommes et femmes, savaient se défendre. Leur atout était la mer et le simple fait que, de la tour, on pouvait distinguer chaque pouce de l'île et des eaux au-delà. Leur plus grand avantage aujourd'hui serait une intervention rapide.

— Tu vois une bannière ?

— Aucune.

— Ces rapaces ! gronda Caden. Je parie que c'est une fois de plus MacLeod. Il convoite davantage cette île que l'arrivée de son premier-né.

— C'est une question de fierté, déclara Alec. Il veut toujours prouver à votre père, même dans sa tombe, que c'est lui le meilleur.

— *Amadain na galla !* Quel idiot !

Soixante-dix hommes de Caden attendaient à l'extérieur du donjon. Il éleva la hallebarde de son grand-père vers le ciel bleu et lumineux.

— Pour Dunrònaigh ! s'écria-t-il.

— Pour Dunrònaigh ! reprirent-ils en chœur.

Puis ils dévalèrent la colline de Dunrònaigh en direction de la plage. La mer était déchaînée sous le vent féroce venant du nord. L'hiver était proche. Pourtant, malgré le froid, Caden ôta son manteau, porté par ses aïeuls avant lui, se dépouillant ainsi des derniers vestiges de sa civilité. Ses hommes l'imitèrent, afin que rien n'entrave leur combat. Comme leurs prédécesseurs vikings, ils embrassaient leur âme de berserker, chacun se préparant à défendre cette terre jusqu'à son dernier souffle.

Ils poussaient des cris de guerre ancestraux tout en avançant. Ils fendaient l'air de leurs armes brillantes. Ils invoquaient la fureur des Hommes Bleus, ces kelpies obstinés qui gardaient le Minch et la mer du Nord. Chaque pas était facilité par la pente, les aidant à descendre comme un écoulement mortel d'argent en fusion. Du haut du donjon de Dunrònaigh, on aurait dit qu'une vague humaine déferlait vers la mer.

En revanche, les usurpateurs gravissaient péniblement le flanc de la colline, bien que propulsés par leur cupidité et leur soif de sang.

— Pour Dunrònaigh ! cria Caden une dernière fois.

— Pour Dunrònaigh ! lui répondirent ses hommes.

Le soleil se refléta sur les heaumes et les épées lorsque les deux armées se rencontrèrent sur la colline de Dunrònaigh. La bataille s'engagea. Le vacarme était assourdissant, le fracas métallique continuel. Le sang gicla sur la terre, comme une pluie macabre arrosant chaque brin d'herbe et teintant la colline de rouge.

Caden luttait sans relâche. Il esquivait les coups d'épée et brandissait sa hallebarde comme un possédé, abattant tous ceux qui s'approchaient de la Bête. La bataille fit rage jusqu'à ne laisser comme survivants que les plus féroces du lot. Caden persévéra. Ses bras commençaient à s'alourdir. Il continua de se battre même après que le métal froid lui eut transpercé l'épaule. La douleur traversa son cerveau comme la foudre. Une rage noire l'envahit, car s'il échouait aujourd'hui, c'était le jeune Davie qui allait en payer le prix.

Non ! Il ne décevrait pas son frère.

Au moment précis où il allait recevoir un autre

coup, Alec vint à son secours. La pointe de sa grande épée pénétra par la base du crâne de l'attaquant et ressortit par ses narines, faisant gicler du sang sur la poitrine de Caden. L'homme s'affala, mêlant son sang à celui des soldats tombés avant lui. La colline ressemblait à un tapis rouge, si visqueux qu'il était désormais difficile de rester debout.

Caden poussa un rugissement vengeur. Il brandit de nouveau sa hallebarde, puisant dans ses forces pour le salut de son frère. Par Dieu, ils devraient le dépecer, membre par membre, avant qu'il n'abandonne. Et pourtant, malgré toute sa rage, deux autres bateaux manœuvraient pour accoster sur son rivage. D'autres guerriers foulaient la colline pour se joindre à la bataille. Réalisant que la situation pourrait changer très rapidement, Caden se reprit et renforça sa résolution. Il poussa un nouveau cri de guerre et se rua dans la mêlée, frappant de droite et de gauche, aidant ses hommes, l'un après l'autre. Chaque vie qu'il prenait alimentait sa frénésie.

À cause du sang qui coulait le long de ses bras, sa prise était moins ferme, mais il maniait sa hache comme un prolongement de son corps, de toute sa fureur et de toutes ses forces. Il ne faisait qu'un avec la Bête. Mais même les héros mouraient au combat. La guerre n'était pas l'amie de l'homme. Caden reçut un coup dans sa cuisse droite et tituba, hurlant de douleur. La Bête tournoya devant lui, animée de sa propre vengeance.

Le soleil se refléta sur le métal argenté d'un heaume, aveuglant Caden. Pourtant, la hallebarde poursuivait son chemin destructeur devant lui, transperçant les chairs et les os. Soudain, un bruit le fit hésiter. La voix de son frère. Mais il ne fut pas assez rapide pour détecter d'où elle venait.

Les yeux bleus de Davie rencontrèrent son regard

un bref instant. Fier de son accomplissement. Il venait d'abattre l'homme qui avait transpercé la jambe de Caden. Il l'avait poignardé en pleine poitrine avec l'épée de leur père, empêchant l'attaquant d'atteindre sa cible – le cœur de Caden. Mais la hallebarde de Caden ne comprit pas cette prouesse. Et son frère se tenait devant lui, un grand sourire aux lèvres, attendant sa bénédiction. Attendant que Caden admette avoir eu tort et que Davie était vraiment un homme.

Attendant.

De précieuses secondes se déroulèrent au ralenti. Ignorant les règles du combat, Davie n'eut pas l'idée de s'écarter. Et Caden fut incapable de retenir sa lame dans son élan.

Une fois de plus, sa hallebarde transperça les chairs et les os. Elle trancha la tête de Davie d'un seul coup. La tête s'envola dans les airs, mais Caden ne la vit pas atterrir. Un rideau noir lui voila les yeux et il se trouva emprisonné dans les ténèbres, écoutant les cris des hommes mourant autour de lui.

CHAPITRE 1

Quelque part dans la tour, une lourde porte claqua. Quelques secondes plus tard, les joncs tourbillonnèrent sous la table, chatouillant les jambes d'Alec. On ouvrait et fermait d'autres portes. Et d'autres. Encore. *Slam. Vlan. Clac.*

Alec jura dans sa barbe.

De mémoire d'homme, aussi pauvres fussent-ils, il ne se souvenait pas d'un seul hiver aussi rude. Bien sûr, Rònaigh n'était qu'une petite bande de terre parmi les *firths* de la Scotia, moins de quatre cents hectares par beau temps. Une bonne partie de leur terre étant un littoral rocheux, ils cultivaient le sol de leur mieux et survivaient grâce à la générosité de la mer – poissons, oiseaux de mer, tout ce que les Hommes Bleus jugeaient bon de déposer sur leurs rivages. Hélas, même dans une année d'abondance, il fallait être solide pour subsister, et c'était déjà assez difficile lorsque tous les membres du clan étaient disposés et capables de travailler ensemble, et que leur laird était apte à régner. Mais maintenant, après cette bataille sur la colline, ils

avaient perdu la moitié des leurs et le bien-être de Rònaigh se trouvait inexorablement lié à cet homme exas-
pérant là-haut. Caden était comme un gamin têtu et en
colère qui maudissait le destin. Seul Alec savait très
bien ce qu'il essayait de faire : il voulait pousser les
membres du clan à le déposer. Mais cela n'arriverait
jamais.

Caden Mac Swein était leur champion d'aussi loin
qu'on s'en souvienne et, *as ucht Dé*, pour l'amour de
Dieu, si seul l'un des deux, Caden ou Davie, avait été
destiné à vivre, Alec s'estimait chanceux que ce fût
Caden.

Le jeune Davie était un gamin usant. Trop petit
pour son âge, et aussi têtu que les kelpies, il était né
frêle. Exactement le genre de nouveau-né qu'un chef
viking aurait exposé dans la neige. Sans mentionner le
fait que sa parenté était douteuse : le vieux MacLeod
avait commencé cette querelle en enlevant la mère de
Caden dans un accès de mauvaise humeur. Et même si
Mary Mac Swein avait échappé à son supposé ravisseur
après à peine trois mois, elle était revenue le ventre
gros comme une baleine. Si on interrogeait Alec, il re-
mettrait en question la validité de ses allégations. En
fait, il soupçonnait que Mary en avait eu assez de Mac-
Leod et était revenue de son plein gré. Personne n'avait
jamais régenté cette femme et Alec était assez vieux
pour se souvenir de toutes les fois où elle avait dansé
avec MacLeod. Mary avait tendance à fleureter, tout
comme les frères de Caden. Seul Caden avait hérité de
la grâce de son père et personne à Rònaigh ne conteste-
rait le fait qu'il était le meilleur et le plus intelligent des
cinq frères Mac Swein, même s'il était difficile de le
croire à cet instant en entendant Caden claquer les
portes.

Slam. Vlan. Clac.

Alec serra les mâchoires et essaya de se concentrer sur les livres de comptes.

Un. Deux. Trois. Quatre. Cinq. Six. Sept. Il ne comptait pas aussi facilement que Caden, mais c'était ce qui leur restait comme sacs d'orge. Il restait presque un mois avant la veille du premier mai, date à laquelle ils avaient l'habitude de bénir les champs. Faire quoi que ce soit avant ce jour-là apporterait la malédiction sur les récoltes de l'année. Il se trouvait dans l'embarras : comment distribuer équitablement les portions restantes, de sorte que personne ne vienne à manquer ? Une tâche jusque-là exécutée par le laird. Alec n'avait aucune idée de ce qu'il fallait faire, d'autant plus qu'il avait un intérêt personnel dans la répartition.

Comme il restait moins d'un mois avant la bénédiction des champs et la récolte, il devrait peut-être donner toute l'orge au brasseur, sauf un sac, car personne n'aimait le pain de Bessie. En vérité, Alec lui-même ne l'appréciait pas. Il s'obligeait simplement à le manger parce que la jeune fille qui l'avait préparé lui plaisait.

Bessie n'avait évidemment pas conscience des sentiments d'Alec à son égard. Il voulait lui laisser le temps de faire son deuil. Le mari qu'elle avait tendrement aimé était l'un de ces hommes vaillants morts sur la colline. En plus de cela, c'était aussi le cordonnier. Quel dommage. Depuis, la moitié du clan était sans chaussures. Heureusement que le temps se réchauffait. Les pêcheurs pouvaient maintenant repartir à la pêche sans que leurs orteils ne deviennent bleus comme les eaux du Minch.

Slam. Vlan. Clac.

N'en pouvant plus, Alec leva une main pour appeler l'intendant, mais ce dernier entra dans la pièce d'un pas tranquille au même moment. Après s'être respectueusement incliné, Afric s'approcha de la table du laird, même si Alec n'était pas laird de ce domaine. Il s'était incliné parce que, comme tous les survivants du clan, il comprenait que sans Alec, quelqu'un d'autre serait contraint d'affronter la « Bête de Dunrònaigh ». Bien que désormais aveugle, Caden Mac Swein n'en était pas moins redoutable.

Slam. Vlan. Clac.

— Au nom de la Cailleach, qu'est-ce qu'il fiche là-haut ?

L'intendant haussa les épaules.

— Ah, capitaine, il semble que plus on l'ignore, plus il fait de bruit.

Au diable le renfrogné ! Depuis cinq longs mois, Caden Mac Swein faisait le deuil de son frère. Mais cela s'était passé si longtemps auparavant. Ils ne pouvaient rien y faire.

Voulait-il qu'ils cèdent tout simplement l'île à Mac-Leod ? Car ce serait essentiellement ce qu'ils seraient forcés de faire si quelqu'un d'autre que Caden siégeait comme laird, aveugle ou non.

Seul Caden avait le droit de régner sur cette terre. Personne d'autre n'avait de lignage si noble, pas même les MacLeod de Skye. Et c'était précisément la raison de leur querelle, Alec en était persuadé. Si le vieux laird n'avait pas parcouru le pays en se vantant, louant les mérites passés de Rònaigh au vieux MacLeod, alors ce dernier ne se serait peut-être jamais senti obligé de s'emparer de la mère de Caden.

Sapristi, il n'y avait presque rien de pire dans cette vie que les fanfarons. Et ils se reconnaissaient rarement comme tels.

— Il s'en remettra, promit Alec, bien qu'il ait répété la même chose depuis la fin novembre, lorsque Caden Mac Swein avait mystérieusement perdu la vue.

Alec commençait lui aussi à entretenir des doutes.

— Que Dieu vous entende ! lança l'intendant avant

d'ajouter : Il y a à la porte une femme qui prétend avoir à vous parler.

— À moi ?

— Oui, capitaine.

— Pas au laird ?

L'intendant fit non de la tête.

— Une femme ? Ici ? Est-ce que quelqu'un a vu un bateau accoster ?

— Non, monsieur.

— Alors comment diable est-elle arrivée ici ?

Afric murmura, une main sur sa bouche :

— Je ne sais pas, mais si vous me demandez ce que j'en pense, je crois qu'elle est arrivée sur un balai, pas en bateau. Elle a un bandeau sur un œil et est à moitié aveugle de l'autre.

Alec se gratta la barbe. Il reposa sa plume. Cela faisait cinq ans qu'ils n'avaient pas reçu d'étrangères sur leur île. Auparavant, le jour de la bénédiction des champs était le seul moment de l'année où le vieux Mac-Leod envoyait les siens à Rònaigh pour célébrer cette fête sacrée avec son ami, le vieux Mac Swein. Mais après la mort de Mary, le vieux MacLeod avait déclenché une guerre. Maintenant, il saisissait toutes les occasions pour s'emparer de leurs biens. Quoi qu'il en soit, Alec n'avait certainement pas travaillé si dur pour empêcher que l'état du laird ne s'ébruite, pour le révéler maintenant à une vieille bique errante. Pesant tout ce qu'il pourrait apprendre contre ce qu'elle pourrait glaner, Alec ordonna :

— Renvoie-la.

Puis il tira à lui le livre de comptes, tout en tapotant sur un chiffre déroutant.

— Que veut dire ce signe, Afric ? Parfois, je n'arrive pas à lire tes affreux gribouillis. C'est un 7 ? Quel est ce trait que tu as dessiné ?

L'intendant ne sembla pas entendre la question

d'Alec, ni même réaliser qu'il se plaignait. Il le regarda d'un air particulier qu'Alec avait appris à ne pas ignorer.

— Qu'est-ce qu'il y a ? demanda-t-il.

— Eh bien, monsieur… je sais ce que vous avez dit, sur l'autorisation de faire entrer des étrangers, mais la vieille chouette prétend avoir des informations qui pourraient être utiles à notre laird.

Alec cligna des yeux.

— Comme c'est étrange. Une aveugle cherchant à guider un aveugle ?

Slam. Vlan. Clac.

— Eh bien… je suppose que nous devrions lui accorder une audience.

Ils cherchaient désespérément un moyen de mettre fin à leur situation critique.

— Fais-la entrer.

L'intendant sortit. Alec se leva et se dirigea vers le siège du laird pour accueillir leur curieuse invitée. Au bout d'un moment, une petite femme ridée entra dans le couloir en boitillant, un bâton de bois pâle à la main. Son visage était entièrement peint en bleu, et son bon œil maculé de noir pour aller avec le bandeau sombre recouvrant son œil gauche. Elle ressemblait à un démon, avec ses cheveux blancs bouclés. Chaque coup de son bâton sur le sol de pierre résonnait comme un coup de tonnerre. Et pourtant, elle avait l'air fragile. Alec se dit que quelqu'un de si affaibli ne pourrait jamais vraiment aider son laird. Sa déception se manifesta par un soupir. Il leva les yeux vers les glorieuses tapisseries ornant leurs murs. Autrefois, il y a bien longtemps, ils étaient enviés par l'Irlande. Le *Ard rí* lui-même avait accordé sa fille en récompense à un jarl viking. Préparé à ce que cette alliance s'affaiblisse avec les vents froids du Nord, il se retrouva au lieu avec un allié : un roi viking aussi féroce que le Minch et ses Hommes Bleus.

La femme était une déception, mais au moins, il aurait l'occasion de lui raconter l'histoire de son clan.

— Bienvenue ! lança-t-il avec un geste théâtral. Bienvenue dans la grande salle des rois de Rònaigh !

La femme ne sembla pas très impressionnée.

Il parla un peu plus fort, certain qu'elle était aussi sourde qu'aveugle.

— Ma bonne dame, vous vous tenez maintenant devant le trône où siégeait jadis Sven du Nord !

Alec se redressa, fier d'ajouter :

— Marié à la fille préférée du *Ard rí* d'Irlande, Conn Cétchathach lui-même !

Toujours pas très impressionnée, la vieille femme lui dit :

— Oui, oui... Je les ai bien connus tous les deux.

Puis elle renifla et passa un doigt osseux sous son nez pointu.

— Sven, quel grincheux c'était !

Alec fronça les sourcils.

Il n'y avait bien sûr pas la moindre possibilité qu'elle ait connu l'un ou l'autre de ces hommes. Ils étaient tous deux morts plus de mille ans auparavant. De toute évidence, la vieille chouette était sénile. Alec décida alors de se prêter à son jeu.

— Eh bien, ce doit être un trait de famille, dit-il en plaisantant.

Caden était assurément devenu grincheux lui-même.

— Ça doit être ça, acquiesça la vieille femme avec un clin d'œil. Je m'appelle Biera, annonça-t-elle.

— Bienvenue, Biera, très chère amie de Sven ! reprit Alec sans perdre sa bonne humeur. Que pouvons-nous faire pour vous aujourd'hui ?

Sans prévenir, le bâton de Biera s'étira de manière improbable entre eux et atterrit sur la tête d'Alec.

— Je ne vous ai pas dit que c'était mon *ami*. Un *ami*

est quelqu'un de beaucoup plus précieux, et je n'ai d'affection pour aucun de ces hommes. Et vous, mon cher garçon, feriez bien de ne pas employer ce terme si rapidement. Voyez ce qu'il a résulté de *l'amitié* entre de fiers alliés. Voyez la miséricorde qu'on peut trouver chez des amis des beaux jours !

Bien et dûment châtié, comme un petit garçon par sa grand-mère, Alec frotta vigoureusement sa tête. Trop étonné qu'elle ait pu l'atteindre de si loin, il ne ressentit même pas de colère. Son air trahit manifestement sa surprise. Quelque chose en elle lui était très familier, et pourtant il ne pensait pas avoir jamais vu son visage grisâtre.

— Je suis vieille, continua-t-elle, et presque aussi grincheuse que votre maître aveugle et intempérant. Mais Sven lui-même n'aurait pas osé se moquer de moi. Et au fait, je ne me sers jamais de balais, mais *vous* pourriez m'être utile.

Perplexe, Alec continua à se frotter la tête. Il avait déjà une bosse de la taille d'une boucle de ceinture sur le dessus de la tête. Mais comment savait-elle ce qu'Afric avait dit ?

C'était impossible, la vieille femme se tenait trop loin. Il ne pouvait même pas être certain de l'avoir vue bouger. Il semblait au contraire à Alec qu'elle s'était tenue là tout le temps, le fixant des yeux à travers toute cette peinture, et avec un seul bon œil.

Étrange.

Un petit sourire se dessina sur les lèvres de la femme.

— Alors, maintenant que j'ai votre attention..., dit-elle en pointant vers Alec le bout de son bâton incrusté de joyaux.

La pierre précieuse sembla lui lancer un clin d'œil malicieux. Alec tressaillit.

— ... dans deux nuits arrivera une étoile de destinée. Après elle viendra une jeune fille du nom de Sorcha. Elle veut se rendre sur l'île de Skye. Vous accepterez de l'embarquer, mais au lieu de l'emmener à destination, vous la conduirez à Rònaigh an Taibh.

Enlever une femme ?

Alec dressa l'oreille.

— De force ?

— Si besoin est.

— Comment allons-nous l'identifier ?

La femme sourit affectueusement.

— Elle sera reconnaissable entre toutes, avec ses longs cheveux soyeux et ses yeux si bleus. La plus jolie fille qu'il vous sera donné de voir. Mais elle ne vous est pas destinée.

Alec fut momentanément déçu. La vieille poursuivit :

— Ses filles scelleront des alliances pour les siècles à venir, et ses dons rendront à votre laird ce qu'il a perdu.

Prétendait-elle pouvoir ressusciter les morts ? À moins de redonner vie au petit Davie, il n'y avait rien qu'elle puisse faire pour Caden. Quant à sa vue… Alec fronça les sourcils, se préparant à la mettre à l'épreuve.

— Ah oui, vraiment ? Alors, dites-moi, de quoi pourrait-il donc s'agir ?

Juste devant les yeux d'Alec, la femme sembla grandir. Elle se redressa et atteignit une taille étonnante, comme si son petit dos voûté avait dissimulé toute la longueur de sa colonne vertébrale.

— Sa vue, rétorqua-t-elle sur un ton menaçant, les mots glissant entre ses dents comme une vipère. Vous devrez empêcher Sorcha de quitter Rònaigh, car si cela devait arriver, elle partirait à ma recherche.

Alec retrouva son courage.

— Pourquoi ? insista-t-il. Avez-vous eu maille à partir avec cette jeune fille ?

La vieille pointa un doigt crochu vers Alec.

— *Amadán* ! Idiot ! Ce qu'elle est pour moi ne vous regarde pas. C'est ce qu'elle représente pour votre laird que vous devez comprendre.

L'espace d'une seconde, son regard se fit terrifiant. Des frissons de peur traversèrent Alec, car en cet instant, il aperçut la vérité de l'Univers dans les profondeurs de son œil valide. Cette femme n'était pas une simple mortelle. Elle était *différente*.

— Nous comprenons-nous ?

Alec opina aussitôt de la tête.

— Oui, dit-il en se redressant.

Il frappa dans ses mains pour appeler l'intendant.

— Apporte-nous de la bière ! ordonna-t-il. Et de l'*uisge* ! Nous avons beaucoup à discuter ! dit-il à leur invitée divine.

— Oui, en effet, confirma la vieille femme.

Elle s'appuya sur son bâton puis se dirigea vers la table où Alec avait abandonné les livres de comptes.

— Quel charmant jeune homme ! dit-elle. Venez maintenant, mon bon garçon, laissez-moi vous dire ce qu'il faut faire. La dernière fois qu'une étoile de destinée s'est aventurée si près, trois sages ont fait un long voyage pour présenter des coffres d'or, d'encens et de myrrhe à un bébé.

CHAPITRE 2

À travers la canopée, Sorcha dún Scoti observa l'étrange étoile qui était apparue à point nommé la veille au matin, précisément au moment où elle avait brièvement envisagé de faire demi-tour et de rentrer chez elle. Plus Sorcha avançait vers l'ouest, plus l'étoile semblait se rapprocher. Comme si Una elle-même la narguait d'en haut :

— Viens me trouver, semblait-elle lui dire. Trouve-moi, si tu le peux.

— Ne t'en fais pas, j'y arriverai, dit Sorcha en serrant les dents.

Les bouleaux argentés, ornés de leurs nouvelles feuilles pâles, frissonnèrent dans la brise.

Elle lança un regard noir à l'étoile, puis se radoucit. Sa mère avait été nommée d'après une étoile. Ce n'était peut-être pas Una ? C'était peut-être Riannag dún Scoti qui la guidait vers sa destinée ? Hélas, qui que ce soit et quelle que soit sa destination, il n'y avait plus rien qui retienne Sorcha dans la vallée.

Elle perçut l'odeur du sel dans l'air, une odeur qui lui était familière maintenant après avoir passé tant de temps dans le comté de Moray. Son frère Keane devait avoir appris la nouvelle de son départ à présent. Est-ce qu'il se joindrait aux recherches ?

Cela lui était égal. Elle n'avait pas besoin d'être entourée de gens sans aucun scrupule de lui avoir menti, pas même Una.

Una, qui avait toutes les réponses.

Una, qui les avait élevés dès leur naissance.

Una, qui était... quelque part.

Sorcha le sentait en son for intérieur. *Pourquoi ? Pourquoi ? Pourquoi ?* s'était-elle demandé tant de lunes plus tôt, lorsque la colline de leur vallée s'était effondrée, détruisant la pierre sacrée de son peuple et la grotte d'Una. Cette pierre de Scone avait été la seule raison de l'existence des gardiens dans la vallée, une prison naturelle aux yeux de Sorcha. Et maintenant, cette pierre avait disparu, perdue sous une montagne de décombres, avec la matriarche de son peuple. Alors pourquoi avaient-ils pris la peine de s'isoler tout ce temps pour protéger une pierre sans valeur que les dieux jugeraient bientôt bon de reprendre ? *Quel avenir avaient désormais les gardiens ?*

Mais Sorcha se demandait avant tout pourquoi Una avait retiré son grimoire et sa *keek stane* de cette grotte.

Parce qu'elle savait ce qui allait arriver.

Et si elle le savait, pourquoi avait-elle laissé ces biens précieux à Sorcha pour retourner ensuite à la grotte et attendre la mort ?

Parce que... ce n'était pas ce qui était arrivé.

Sorcha en était désormais certaine. Pas étonnant qu'elle ne ressente aucune tristesse. Una était en vie. Si ce n'était pas le cas, Sorcha le saurait instinctivement. Elle le croyait aussi sûrement qu'elle respirait : cette vieille finaude n'était pas ensevelie avec la pierre de Scone. Elle était ailleurs...

Quelque part.

— Je te retrouverai, dit Sorcha en menaçant l'étoile du poing.

Mais *eux* ne trouveraient pas Sorcha, elle s'en fit le serment.

Voyageant seule, elle se gardait bien d'emprunter les chemins royaux. Les hommes de David étaient enclins à y patrouiller. Et s'il y avait des brigands, c'est là qu'ils seraient à l'affût. De toute façon, ce n'était pas difficile de les éviter, car Sorcha connaissait les bois mieux que la plupart. C'était une fille du vent, après tout. Une enfant de la forêt. Elle et les siens étaient les derniers des hommes peints, *bla-bla-bla*. Sauf que Sorcha ne pouvait plus entendre les battements de cœur de ses ancêtres dans ses veines.

Elle n'était plus une dún Scoti, mais une Caimbeul, mal conçue par un homme qu'on lui avait appris à haïr. Et cette fausseté avait été encouragée par tout son clan, des gens qu'elle aimait et à qui elle faisait confiance. Sorcha ne voulait plus rien avoir à faire avec eux. Elle cracha par terre, abandonnant les *gardiens*, rejetant son passé comme le vent. Elle allait commencer une nouvelle histoire...

Son frère laird devait maintenant avoir envoyé des cavaliers à Keppenach et à Dunràth. Peu importe. Ils rentreraient bredouilles, sans être plus avancés sur sa destination.

Sorcha avait beaucoup appris de ses frères et sœurs. De Keane, elle avait appris à chasser et à traquer les animaux. De Lael, à brandir un couteau. De Cailin, à tirer à l'arc. De Catrìona, à utiliser ses charmes. Et de Lìli, oui, Lìli était sa sœur, elle avait appris à perfectionner ses potions. Enfin, et non des moindres, de son frère laird, elle avait appris à mentir.

Une fureur noire comme les cheveux sur la tête de son neveu faisait battre férocement son cœur. Car, en vérité, *tout le monde* lui avait menti.

Tout le monde.

Tu n'es pas la fille d'un gardien, lui susurra intérieurement une petite voix. Ces mots lui donnaient la nausée. Elle refoula de chaudes larmes et leva les yeux vers l'étoile à longue queue serpentant à travers le ciel et les bourrasques. Sorcha avait l'impression très étrange que si elle pouvait atteindre l'endroit où la queue brillante de l'étoile touchait terre, elle découvrirait toutes les réponses à ses questions.

D'ailleurs, si Una était en vie, Sorcha pensait savoir où la trouver. Chaque printemps, à peu près à cette période, la vieille femme rusée quittait leur vallée, soi-disant pour exercer son art chez les clans voisins. Mais Sorcha commençait à soupçonner qu'elle les quittait pour une tout autre raison...

D'après une des histoires du grimoire qu'elle portait dans sa sacoche, le livre même qu'Una lui avait donné le jour précédant sa « mort », chaque printemps, la veille de la bénédiction des champs, la Cailleach retournait boire aux bassins de jouvence des fées, sur l'île de Skye, et se transformait en sa sœur de l'été. C'était donc là que Sorcha se rendait. Pas chez Padruig, mais au seul endroit auquel personne ne penserait, car les bonnes gens ne croyaient plus aux vieilles légendes. Ils étaient les pigeons d'un roi qui avait abandonné les dieux de leurs pères.

Quant à elle, Sorcha y croyait toujours. Et cette étoile, là-haut, semblait la conduire directement à Una. *Comme un fanal.* Jour et nuit, elle brillait. Jour et nuit. Et Sorcha était convaincue que l'étoile ne brillait que pour elle, la conduisant directement à la Cailleach.

Le cheval et sa cavalière continuèrent au trot. Les

anémones des bois, en forme d'étoile, inclinaient leurs minuscules têtes blanches à leur passage.

Sorcha se pencha en arrière pour jeter dans sa sacoche de selle sa *keek stane*, désormais inutile. Elle l'avait tenue en main, juste au cas où le cristal daignerait encore lui parler. Mais plus l'étoile brillait, plus la *keek stane* pâlissait, jusqu'à n'être plus qu'un cristal diaphane.

Les sons de la nuit retentissaient comme une musique. Un loup hurla dans le lointain. La canopée laissa bientôt place à un vaste ciel ouvert. Sorcha dirigea sa monture sur une petite colline dominant le village de Lochinver. Ces derniers jours, elle avait chevauché par monts et par vaux, de la Mounth jusqu'à la mer. Elle était allée le plus loin possible sans bateau. Demain, elle trouverait un moyen de traverser la mer. Hélas, qu'avait-elle en sa possession pour marchander son passage ?

Sûrement pas la *keek stane*. Ni le livre dans sa sacoche. Sorcha n'avait rien d'autre de valeur, hormis sa douce et fidèle Liusaidh.

Elle descendit de cheval et observa les environs. De là, elle pouvait voir la mer s'étendre à des lieues à la ronde, verte et impitoyable, avec ses vagues à l'écume menaçante. « Rebrousse chemin », semblait-elle lui dire. « Ne te hasarde pas dans cette direction. » Mais Sorcha s'y hasarda. Ceux qui la connaissaient bien pouvaient témoigner qu'on ne la faisait pas aisément changer d'avis. Où que soit Una, Sorcha la trouverait.

Comme pour la rassurer, Liusaidh frotta son museau contre l'épaule de Sorcha et se rapprocha d'elle, semblant lui manifester de la tendresse. Sorcha tendit la main avec regret pour caresser sa monture adorée, se rendant compte qu'elle devrait bientôt lui faire ses adieux.

— Je te trou-ve-rai, scanda de nouveau Sorcha.

Elle frissonna, non de peur ni de froid. Une chape brûlante de fureur la réchauffait jusqu'aux os.

Pour toute réponse, Sorcha perçut un silence sans âge, éternel. Elle se pencha sur sa jument et caressa sa crinière blanche luxuriante. Demain, de bon matin, elle se séparerait de Liusaidh pour payer son passage sur un bateau. Le temps que l'on devine sa véritable destination, s'ils la devinaient jamais, elle serait déjà loin. Naviguant à travers le Minch, en direction de l'île de Skye.

Au diable son père ! Au diable son peuple ! La vérité était la seule chose qui comptait désormais pour elle.

❦

DUBHTOLARGG

Pas pour la première fois, et à son grand regret, Aidan dún Scoti s'arma pour la guerre.

Il avait cru à tort que sa sœur reviendrait de son propre chef. Mais avec le recul, il comprit qu'il avait commis l'erreur de ne pas la poursuivre dès qu'il avait observé ce regard défiant dans ses yeux. Une seule fois auparavant avait-il perçu une telle provocation chez les siens. Il avait cru à tort que sa plus jeune sœur, la plus complaisante, ne ferait jamais ce que Lael avait fait : quitter leur vallée sans se retourner. Il s'était trompé.

Sorcha était maintenant partie. Aidan ne pouvait s'en prendre qu'à lui-même.

Il aurait dû écouter son épouse. Il aurait dû dire la vérité à Sorcha : que son père avait tué le père d'Aidan et souillé sa mère. Mais puisqu'il ne l'avait pas fait, la question qu'il répugnait maintenant à se poser était celle qui le terrifiait le plus : Sorcha oserait-elle rechercher son père, ce vaurien ?

Padruig Caimbeul était un scélérat. Aidan détestait imaginer sa sœur lui faisant face toute seule. Si seulement Una était encore en vie ! La vieille maligne savait toujours quoi faire.

Un jour, pas si longtemps auparavant, elle lui avait révélé une horrible prophétie. Il l'avait dûment ignorée. Elle lui avait dit que les loups du territoire des Pictes se disperseraient aux quatre vents. La prédiction semblait s'accomplir, car seuls restaient lui et Cailin, qui allait forcément épouser Cameron MacKinnon, si l'idiot trouvait un jour le courage de lui demander sa main.

Onze ans plus tôt, sa sœur Catrìona avait été la première à partir, kidnappée dans son lit par le roi David au petit matin. Et malgré les circonstances de son départ, Cat n'était jamais revenue dans leur vallée. Lael, quant à elle, était allée aider Broc Ceannfhionn à reprendre Keppenach. Elle y était restée après avoir épousé le Boucher du roi David. À présent, Keane était parti lui aussi. Contre la volonté d'Aidan, bien sûr. Il avait vendu son âme à David mac Mhaoil Chaluim pour une femme, une princesse de Moray, certes, mais là n'était pas la question. Et maintenant, Sorcha...

Jusqu'à ce matin, il avait été persuadé qu'elle se dirigerait vers le nord, en quête de Keane et de sa nouvelle épouse. Mais ce n'était pas le cas. Lael et Keane vivaient à quelques jours de Dubhtolargg et les cavaliers étaient déjà revenus de Keppenach et de Dunràth. Ils n'avaient pas rencontré Sorcha. Aidan était donc maintenant inquiet. Il attacha son ceinturon et plaça son épée dans son fourreau. Lìli entra dans la pièce au moment où il enfilait sa fine lame d'acier dans sa gaine.

— Je viens avec toi.

— Non.

— Aidan, s'il te plaît ! Padruig est mon père. Tu n'as pas le droit de m'en empêcher.

Aidan se retourna et jeta à son épouse un regard comme il ne l'avait jamais fait.

— J'ai tous les droits, je suis ton époux et ton laird.

Sans se laisser décourager, elle lui serra doucement le bras.

— S'il te plaît, Aidan, le supplia-t-elle. Je ne lui fais pas confiance.

— Raison de plus pour te garder éloignée de lui, rétorqua-t-il.

Le père de Lìli. Cet odieux mécréant qui avait engendré pas une, mais deux des femmes qu'Aidan adorait. Il jura dans sa barbe, regrettant amèrement d'avoir incité ses femmes à tant de courage qu'elles pouvaient facilement le défier, alors que les hommes n'osaient jamais le faire.

Pourquoi, au nom de la Cailleach, avait-il caché si longtemps la vérité à Sorcha ?

La futilité de ses efforts lui apparut clairement lorsqu'il rencontra le doux regard de sa femme. Sorcha ressemblait tellement plus à Lìli qu'à lui-même. Elles avaient la même chevelure cuivrée et les mêmes yeux violets, envoûtants. Après l'arrivée de Lìli, lui avait-il fallu beaucoup de temps avant de remettre la vérité en question ? Non, très peu de temps. Et pourtant, dans sa confiance absolue, Sorcha n'avait jamais osé douter de ses origines. Elle s'était entièrement laissé guider par ceux qui l'aimaient. Et à présent, Aidan détestait s'imaginer ce qu'elle devait ressentir.

Un sentiment de trahison, à tout le moins.

— Aidan, reprit Lìli, se préparant à contester. Ce n'est pas pour moi que j'ai peur. C'est pour toi, mon amour... et pour Sorcha. Ne le sais-tu pas ?

— Alors tu n'as rien à craindre, la rassura Aidan. Si quelqu'un doit mourir aujourd'hui, ce ne sera pas moi.

— Quels vils adieux, mon époux ! Je parierais que ton père a dit la même chose quand il a osé laisser entrer ce serpent dans sa grande salle ! Et rappelle-toi, tu ne peux pas défier Padruig sans cause. Le roi David le protège. Si tu le tues sans raison, ou à moins qu'il te défie...

— David a toujours été un idiot, et il n'a pas changé, l'interrompit Aidan. Peu m'importe qu'il ait réussi à rallier toute la Scotia à sa cause.

Tant que la paix perdurait entre les clans, Aidan ne consentirait jamais à s'aligner sur un usurpateur anglais. Il n'aimait pas la politique, mais comment pouvait-on suivre un homme élevé par un roi anglais ? De plus, il était revenu en Scotia pour expulser le comte légitime de Moray et le remplacer par un laquais anglais, un Scot, un bon à rien prêt à plier le genou devant celui qui avait tué son grand-père, au dire de certains.

— Aidan... s'il te plaît, tu ne peux pas imaginer comment il est.

Aidan se tourna vers elle, irrité par ses paroles.

— Moi, je ne sais pas comment il est ? demanda-t-il, en se pointant violemment du doigt. *Je* ne sais pas ? Par la pierre, Lìli, il a assassiné mon père devant mes propres yeux, et les mains encore rouges de son sang, il a souillé ma mère. Et tu dis que je ne sais pas comment il est ?

Lìli pâlit. Aidan n'avait jamais décrit si brutalement ce que son père lui avait fait, à lui et à son peuple. Parce qu'il l'aimait, elle, elle s'en rendait compte. Et parce qu'il savait que Lìli comprenait mieux que quiconque ce dont Padruig Caimbeul était capable.

— Il ne te laissera jamais entrer dans sa salle, insista-t-elle, craignant ce qui pourrait arriver si elle ne l'accompagnait pas. Pas sans te dépouiller de toutes tes possessions. Il te privera de toute défense et s'entourera de ses gardes. Et si tu as le malheur de perdre ton sang-froid…

— C'est précisément pour ça que je ne veux pas que tu m'accompagnes, Lìli.

Aidan se disputait rarement avec son épouse. Pour

la première fois, sa vue l'agaçait, car à cet instant, elle lui rappelait tous les mensonges qu'ils seraient maintenant forcés d'expier. Elle ressemblait non seulement à Sorcha, mais aussi à son père, ce traître. Il secoua la tête, en partie de dégoût pour son propre rôle dans le désarroi de sa sœur. *Que devait-elle ressentir en se sachant la fille d'une crapule ?* Il tourna le dos à sa femme et continua à se préparer.

Après un moment, Lìli osa le caresser timidement au creux de ses reins. Les larmes montèrent aussitôt aux yeux d'Aidan. Incapable de lui résister, il se retourna, les bras tendus, et ravala les viles paroles qu'il réservait à son père. Il la serra dans ses bras et écarta doucement les cheveux de son visage.

— Je ne peux pas me permettre de te mettre en danger, *a ghrá mo chroí*, bien-aimée de mon cœur, dit-il sur un ton plus doux. Tu as déjà assez souffert aux mains de ton père.

Lìli le suppliait toujours du regard.

— S'il te plaît, Aidan... tu ne comprends pas. S'il fait du mal à Sorcha, je souffrirai encore plus. S'il te plaît, implora-t-elle. C'est aussi ma sœur.

Un simple fait qui le rendait malade.

Quel tissu de mensonges ils avaient fabriqué ! Sa sœur cadette était aussi la sœur de sa femme, une pilule amère à avaler. Rassemblant les longs cheveux noirs de Lìli dans son poing, il la serra contre lui et l'embrassa tendrement sur le nez. Il voulait lui refuser sa demande, mais il se rendait hélas compte que c'était vrai : elle comprenait mieux Padruig que lui. Résigné, il posa son front contre le sien. Il fallait se méfier de chaque mot sortant de la bouche de cet homme. Mais Lìli saurait instinctivement si son père disait la vérité. *As ucht Dé*, pour l'amour de Dieu, la vie de Sorcha était précieuse et s'il y avait une chance de la sauver, il devait la saisir.

S'adoucissant, il embrassa de nouveau son épouse,

sur le front cette fois, craignant le pire : que son père lui arrache sa bien-aimée, d'une façon ou d'une autre. Sans Lìli, sa vie serait intolérable.

Heureusement, ou malheureusement, quel que soit le cas, Lìli connaissait Aidan mieux que quiconque. Elle prit son silence pour ce qu'il était, un moment de faiblesse.

— S'il te plaît... tu *dois* me laisser t'accompagner. Je saurai si Sorcha est captive chez lui.

— Et si c'est le cas ? Il ne t'écoutera pas. Il ne la libérera jamais simplement parce que tu le lui demandes.

— C'est vrai, reprit-elle en le suppliant du regard. Mais ma mère consentira peut-être à nous aider ?

Dame Saundra était toujours en vie. Peut-être prendrait-elle en effet position pour défendre sa fille, perdue depuis si longtemps. Mais le ferait-elle tout en sachant que la jeune fille à protéger pourrait être la bâtarde de son époux ?

Ensemble dans l'intimité de leur chambre, le reste de la maison en ébullition, Aidan et Lìli gardèrent un instant le silence. Puis Lìli le serra contre elle.

— Si seulement il pouvait ignorer la vérité.

Que les dieux aient pitié d'eux ! Padruig n'aurait pas besoin qu'on le lui dise : dès qu'il poserait les yeux sur Sorcha, il saurait qu'il avait deux filles. Et qu'il n'en méritait aucune.

Padruig Caimbeul était un scélérat de première catégorie. Aidan était-il donc réduit à mettre une sœur en danger pour retrouver l'autre ? C'était une position insoutenable, mais Lìli disait vrai. Il devait l'emmener avec lui pour affronter son père. Résolu, il se défit doucement de son étreinte.

— Va le dire à Cailin, lui ordonna-t-il. C'est elle qui est responsable de la vallée en notre absence. Dis à Ria de veiller sur sa tante, et apprête-toi à partir.

CHAPITRE 3

La mer était tempétueuse, maltraitant toutes les embarcations dans le port. À la différence de ceux qu'une bourrasque effrayait, les hommes de Rònaigh ne se laissaient pas facilement intimider. Ils préféraient affronter la tempête en mer. Mais ils ne pouvaient pas encore partir...

Pas avant l'arrivée de Sorcha.

Et voilà qu'elle apparut, avec ses longs cheveux brillants retenus dans une épaisse tresse lâche. Elle arriva au port sur une superbe jument blanche. Alec n'avait jamais vu pareille bête. Le cheval et sa cavalière portaient la tête haute. Alec pouvait discerner son âme fougueuse simplement à sa façon de fouetter l'air de sa queue – la monture, bien sûr, pas la cavalière. La vieille Biera leur avait raconté une histoire surprenante, mais tout était exactement comme elle l'avait prédit.

— Est-ce que c'est elle ?

— Qu'en penses-tu ?

Les deux hommes observèrent la jeune fille conduire la splendide monture au bout du long quai et lui parler doucement à l'oreille. Elle était très jolie... et Alec ne parlait pas seulement de la jument. Il éprouva un moment de regret qu'elle ne puisse être sienne.

Sorcha caressa très longtemps la joue de l'animal. Alec se demandait ce que les siens diraient quand ils apercevraient cette douce pouliche descendre de son bateau. En vérité, il ne savait pas exactement ce qui l'enthousiasmait le plus : les promesses de la vieille concernant la fille, ou son cheval. Beaucoup de villageois de Rònaigh n'avaient même jamais vu de cheval, encore moins de cette classe. Ils n'avaient en général pas besoin de chevaux sur leur île, sauf pour labourer. L'étable de Dunrònaigh avait quelques ânes et ânesses. Seul Caden possédait un bon destrier.

Et la jeune fille... elle n'avait rien d'un troll. Elle avait en réalité l'allure d'une reine. Si la vieille avait raison, des rires retentiraient bientôt de nouveau entre les murs de Dunrònaigh, et leurs enfants gambaderaient dans les champs. Plus important encore, Caden Mac Swein retrouverait sa gloire originelle. Mais ils devaient d'abord emmener cette fille à Rònaigh, et pour cela, ils avaient besoin d'aide.

— Est-ce qu'on doit la capturer ?

— Non, fit Alec en fronçant les sourcils. Un peu de patience, lança-t-il au capitaine du navire.

Il avait déjà payé les pêcheurs pour qu'ils refusent d'embarquer la fille. Ils feraient mieux de la laisser venir à eux de son plein gré. Pour ce qu'il lui réservait, il avait besoin qu'elle lui fasse confiance.

De toute façon, il doutait qu'un autre bateau appareille aujourd'hui, avec le Minch dans un tel état. La mer était comme une femme, avec ses tempêtes rageuses, subissant l'influence de la lune et des étoiles. Cette nouvelle étoile là-haut semblait avoir créé le chaos, et aucune des autres embarcations n'était mieux équipée que la leur.

Après tous ces siècles, son peuple utilisait toujours la technologie de ses ancêtres vikings. Pas le drakkar, qui causait jadis la panique avec sa proue en forme de tête de dragon, mais les plus petits vaisseaux utilisés par les marchands pour transporter leurs cargaisons. Avec leurs coques plus larges et plus profondes que les navires de guerre, trois knarrs pourraient aisément transporter tout leur village en cas d'évacuation, et ils en avaient quatre. Les Hommes Bleus pouvaient bien rager, ils affronteraient la mer en maîtres. Et ils trouveraient leur chemin, peu importe les menaces en l'air des Hommes Bleus, car les jeunes femmes qui les guidaient à travers la brume étaient amies avec les *Fin Folk*, le peuple de l'eau.

— Elle est jolie... et s'ils se laissaient tenter ?

— Ça n'arrivera pas.

— Comment pouvez-vous en être si sûr ?

— Parce que je leur ai raconté une petite histoire.

— Laquelle ?

— Je leur ai dit que c'était la fille de la Cailleach et qu'ils la reconnaîtraient à sa jument. J'ai raconté à tous qu'elle était vierge, promise au laird de Dunrònaigh, et que si quelqu'un l'empêchait de suivre l'étoile du destin vers son bien-aimé, la Cailleach elle-même susciterait la colère des kelpies contre lui. Avec cette mer en furie, je te garantis que personne ne va s'y risquer.

— Ah, ce n'est pas une *petite* histoire. C'en est une *longue* à dormir debout. Et s'ils ne vous croient pas ?

— *Haud yer weesht !* Tais-toi ! Combien de filles vont arriver ici sur un destrier blanc, à ton avis ? Et tu oublies cette étoile. Non, la vieille Biera l'a prédit et c'est en train de se réaliser.

Le capitaine du navire releva la tête.

— C'est la chose la plus incroyable que j'aie jamais vue, admit-il. Mais s'ils en parlaient à d'autres ? demanda-t-il quand même, inquiet.

— Peuh ! Laisse-les causer. Tout ce qui nous intéresse, c'est de conduire la fille à Rònaigh. Le reste s'arrangera tout seul.

En face d'eux, la jeune femme en question se retourna. Elle semblait jauger les embarcations. Seules trois d'entre elles étaient en mesure de naviguer, et aucune en meilleur état que la leur.

— Active-toi, lança-t-il au capitaine du bateau. Dis aux hommes de se préparer. Nous partirons dans l'heure.

Les hommes devinrent fébriles. Rònaigh n'avait jamais été plus vulnérable. Mais si la vieille avait dit vrai, la jeune fille ferait bien plus que restaurer la vue de Caden. Elle rendrait leur grandeur aux Mac Swein.

&

— JE NE T'OUBLIERAI JAMAIS, dit Sorcha à Liusaidh. Tu es ma meilleure amie.

Sa *seule* amie, semblait-il, maintenant que les membres de son clan avaient prouvé leur fausseté. Hélas, le grimoire et la *keek stane* étaient trop précieux pour qu'elle s'en sépare, et personne ne connaîtrait leur véritable valeur. Quoique, si cela ne tenait qu'à elle, elle leur offrirait les deux pour garder son cheval. Malheureusement, Liusaidh était la seule chose de valeur commerciale qu'elle possédait.

Sorcha soupira et tapota la joue de l'animal. Elle lui manquait déjà. Mais plus elle tardait, plus la séparation serait difficile. Plus déterminée que jamais à atteindre sa destination, Sorcha défit la sacoche avec ses objets de valeur et la jeta par-dessus son épaule. Puis elle attacha les rênes du cheval à un poteau, le dos tourné aux grands yeux bruns de la bête la regardant d'un air interrogateur. Levant la tête vers l'étoile à la présence implacable, elle s'avança sur la jetée vers le premier pêcheur dont le bateau semblait en état de naviguer. Pas un seul oiseau n'osait braver le ciel, avec le vent qui soufflait en rafales. On ne voyait que des nuages sombres et cette étoile à longue queue. Quelques mouettes se terraient près d'un bâtiment, se protégeant du vent. Des embruns salins éclaboussèrent Sorcha. Elle hésita, puis se força à avancer.

— Pardon, monsieur, dit-elle, interrompant un homme en train d'abaisser ses voiles. J'aimerais affréter votre bateau.

L'homme lui lança un regard méfiant.

— Vous voyez ces vagues ? Je mettrai pas mes bateaux à l'eau aujourd'hui, ma petite. C'est bon pour personne, hommes ou bêtes, ajouta-t-il en regardant Liusaidh par-dessus l'épaule de Sorcha. Revenez demain, suggéra-t-il sans beaucoup d'intérêt, en retournant à ses voiles.

Sorcha ne pouvait pas attendre le lendemain. Elle sentait l'urgence de la situation. Il fallait agir *aujourd'hui. Maintenant.* Qui sait combien de temps cette étoile continuerait à la guider. Si Sorcha attendait jusqu'au lendemain, l'astre aurait peut-être disparu. Elle fronça les sourcils.

Elle décida que ce bateau était en fait trop petit. Elle passa au suivant, une embarcation bien plus grande.

— Pardon, monsieur, je voudrais acheter mon passage pour embarquer sur votre bateau.

— Ah ! Connaissez-vous la différence entre un bateau et un navire, jeune fille ? Ça, c'est un *navire*, pas un bateau. Aucun bateau ne peut affronter le Minch un jour comme celui-ci. Vous vous retrouveriez à la merci des *Fin Folk*, peut-être même dans le ventre d'une bête.

— Pardonnez-moi, se reprit Sorcha, je voudrais acheter mon passage pour voyager à bord de votre *navire.*

— Non, répondit aussitôt l'homme, sans prendre la peine de lui demander où elle voulait aller.

Il l'avait rejetée d'un geste de la main. Mais elle le vit

jeter un coup d'œil de l'autre côté du port vers un autre navire et sentit qu'il hésitait.

— S'il vous plaît, monsieur, insista-t-elle alors. Je vous paierai avec ma monture. Elle est jeune, en bonne santé et elle a de bonnes dents.

L'homme arrêta ce qu'il était en train de faire pour regarder Liusaidh, reconsidérant peut-être sa décision. Mais il poursuivit brusquement :

— Je mettrais pas mon navire dans le Minch si vous me refiliez une cargaison de chevaux volés. Pas aujourd'hui.

Volé !

— Mon bon monsieur, rétorqua Sorcha, Liusaidh n'a pas été volée ! Elle est née et a grandi dans...

Elle faillit révéler d'où elle venait.

— ... la Mounth. C'est une belle bête. Elle est forte et obéit très bien. Sachez que je l'ai élevée moi-même. C'est moi qui l'ai ferrée. Et dressée. Je ne chercherais jamais à vous vendre une monture volée.

— Eh bien, de toute façon, au cas où vous auriez pas remarqué, ma petite, ici c'est le Minch, et on n'a pas besoin de chevaux, bien dressés ou pas. Ce qu'il me faut, c'est un navire. Et si je mets le mien à l'eau aujourd'hui, c'est comme si je signais mon propre arrêt de mort. Voilà, jeune fille. J'aime trop respirer pour vous servir. Allez-vous en maintenant. *Imeacht gan teacht ort !* Partez et ne revenez pas !

Une rafale de vent ramena ses cheveux sur son visage. C'était vrai. La mer avait l'air menaçante. Pourtant, ces hommes ne semblaient guère du genre à être effrayés par un peu d'eau et de vent. Liusaidh était un cheval précieux et une telle aubaine ne se présentait pas à eux tous les jours. D'ailleurs, Sorcha avait choisi de chevaucher à couvert des bois autant pour le bien de Liusaidh que pour elle-même, car une femme seule sur un cheval de la valeur de Liusaidh était un appât tentant.

Frustrée, Sorcha observa le port. Elle n'aperçut qu'une seule autre embarcation qui puisse braver la mer écumante. Elle leva de nouveau les yeux vers l'étoile, se demandant si sa présence avait en quelque sorte agacé les dieux. Mais, à l'évidence, s'il s'agissait de la Cailleach, tout cela était probablement volontaire. Néanmoins, nullement découragée, Sorcha fit le tour du port pour rejoindre le plus grand navire amarré. Un vaisseau aux sublimes ornements, sur lequel se tenait un homme trapu en train d'enrouler une longueur de corde autour de sa main.

— Pardon, monsieur, comptez-vous naviguer aujourd'hui ?

L'homme bomba le torse.

— Assurément ! répondit-il avec un grand sourire. Nous sommes de sang viking. Ce n'est pas un petit coup de vent qui va nous retenir.

Grand et costaud, avec des cheveux très, très blonds, il était presque aussi beau que son bateau. À en juger par son allure, ce n'était pas un scélérat. Pourtant, quelque chose semblait clocher chez lui. Quelque chose que Sorcha ne pouvait pas se permettre de remarquer, car elle n'avait pas le choix. Elle devait *absolument* trouver un moyen de traverser le Minch.

— Dites-moi, monsieur... l'île de Skye est-elle loin ?

L'homme haussa les épaules.

— Par ce temps-là ? À une bonne demi-journée, au moins.

Sorcha se mordit la lèvre.

— Tant que ça ?

— Nous sommes à la merci du Minch aujourd'hui, mademoiselle. Si vous n'avez jamais eu le malheur d'avoir des démêlés avec les Hommes Bleus, vous ne savez pas comme ils peuvent s'acharner.

Les Hommes Bleus ?

Sorcha n'avait aucune idée de qui il parlait. Elle ignorait totalement qui étaient ces hommes bleus et pourquoi elle pourrait avoir des démêlés avec eux. *Fin Folk. Hommes Bleus.* Elle ne savait pas du tout de quoi tous ces capitaines causaient. Mais un simple coup d'œil au navire lui révéla un équipage d'hommes aux cheveux clairs, tous occupés avec les voiles. Aucun d'entre eux n'était bleu.

— Eh bien, osa demander Sorcha, j'aimerais réserver une place sur votre navire. Et, s'il vous plaît, écoutez-moi avant de refuser : je peux vous offrir un cheval précieux en échange.

L'homme arrêta ce qu'il était en train de faire et regarda Liusaidh, qui se tenait toujours exactement là où Sorcha l'avait laissée, sa belle crinière flottant au vent.

— Celui-là ?

— Oui, monsieur, c'est ma jument.

— Libre de tout engagement ?

Sorcha inspira profondément.

— Oui, monsieur.

— Elle est nerveuse ?

— Pas tellement, monsieur.

Contrairement aux autres hommes, celui-ci semblait considérer l'offre de Sorcha. Elle retint son souffle.

— Elle va supporter la mer, vous croyez ?

Sorcha étudia Liusaidh et réfléchit à la question. Puis elle se retourna, se sentant à la fois titillée et triste.

— Je ne vois pas pourquoi ce ne serait pas le cas.

— Et elle s'appelle comment ?

— Liusaidh, répondit Sorcha en souriant, car c'était elle qui l'avait nommée. Ça veut dire « guerrière ».

Et c'était certainement ce à quoi Liusaidh ressemblait, forte et indépendante, prête à braver le monde et tous ses dangers. Sorcha n'avait jamais douté de sa

loyauté – contrairement à celle de certains dissimu-
lateurs.

L'homme s'essuya le front de son avant-bras. Il étu-
diait Liusaidh et considérait l'offre de Sorcha.

— Vous dites qu'elle a toutes ses dents ? reprit-il sur
un ton porteur d'espoir pour Sorcha.

— Absolument, monsieur.

— Et elle a été ferrée ?

— Oui, monsieur. Ses fers sont flambant neufs.

— Et son caractère ?

Il jeta un regard éloquent à Sorcha et l'observa de la
tête aux pieds, l'amenant à se demander s'il parlait d'elle
ou de son cheval. Heureusement, elle ne perçut aucune
lubricité dans son regard. Et s'il voulait en découdre,
Sorcha était prête. Elle et ses sœurs étaient des dures à
cuire. Juste au cas où il aurait des pensées déplacées,
elle répondit :

— Elle a bon caractère, monsieur. À moins qu'on la
provoque.

Après un moment, l'homme secoua la tête, comme
s'il se préparait à lui dire non.

— Ah, mademoiselle, la mer est mauvaise aujourd'-
hui, le voyage ne s'annonce pas agréable.

— S'il vous plait, monsieur !

Il pencha la tête et la jaugea du regard.

— Et quant à vous, avez-vous le pied marin ?

Sorcha fronça les sourcils, n'ayant jamais entendu
l'expression.

— Je ne vois pas ce que vous voulez dire, monsieur.
Mais, oui, mes pieds sont en parfait état.

L'homme eut un large sourire.

— Ce que je voudrais savoir, c'est si vous allez
vomir vos tripes en mer ou non. J'ai trop de choses à
faire et il n'y a personne à bord pour servir une jeune
fille de bonne famille comme vous.

De bonne famille ? En vérité, il n'avait aucune idée de

qui elle était. S'il le savait, il pourrait lui cracher au visage. Sorcha détestait tant l'homme qui l'avait engendrée qu'elle se serait crachée dessus elle-même. Mais elle se sentit soulagée, car elle avait l'impression de pouvoir convaincre l'homme après tout.

— Ne vous en faites pas, je n'ai pas besoin qu'on me serve. Quant au pied marin, j'ai vécu presque toute ma vie dans une maison sur un loch et je n'ai jamais vomi pour une raison autre qu'un excès de bière.

L'homme se mit à rire. Il passa la main dans sa barbe.

— C'est pareil pour moi, mademoiselle, exactement pareil ! Alors comme ça, vous voulez aller sur l'île de Skye ?

Le cœur de Sorcha se mit à palpiter.

— Oui, monsieur.

L'homme plissa les yeux, puis après un long moment de suspense, il finit par opiner de la tête.

— Allez donc chercher votre jument. On va la faire monter sur le bateau, et en route !

Il avait dit *bateau*, pas *navire*. Sorcha ne pouvait cacher sa jubilation. Elle faillit se jeter à son cou – à tout le moins parce qu'elle pourrait passer plus de temps avec sa chère Liusaidh.

Elle courut la chercher et ne remarqua pas le regard de satisfaction échangé par les matelots. Une fois à bord du navire, l'homme qui avait accepté de la prendre vint lui offrir un pichet.

— Je vous garantis que le voyage se passera en douceur avec un peu d'*uisge*.

Il avala une gorgée en grimaçant, puis tendit la boisson à Sorcha, en ajoutant :

— Au fait, je m'appelle Alec, et je vous souhaite la bienvenue à bord du Saint Ronan.

— Merci, répondit Sorcha, acceptant son offre.

Elle mourait en effet de soif. De faim aussi. Depuis

qu'elle avait quitté la vallée, elle avait juste mangé des baies et des champignons.

— Saint Ronan ? C'est un joli nom, mais je ne sais pas qui c'est.

— Le saint patron de ma maison, déclara l'homme, pour ceux fidèles à la religion du roi. Mais moi, je préfère de loin la Cailleach. Jusqu'à il y a quelques jours, j'étais égaré, mais... ça n'a pas d'importance, mademoiselle. Buvez votre comptant. On a hissé les voiles.

Sorcha ne connaissait pas vraiment la religion du roi. Peu lui importait d'ailleurs qui il priait. Mais tout de même, l'homme ne se doutait pas à quel point il était proche de la Mère de la Création. Sorcha pourrait faire les présentations. Excitée par l'aventure et par la perspective de pouvoir bientôt retrouver son mentor, elle saisit le pichet d'*uisge* et en avala une généreuse gorgée. Cette *uisge* était pire que la leur. Quoi qu'il en soit, Sorcha était déterminée à prouver une fois pour toutes qu'elle n'était pas une mauviette. Il sourit d'approbation en la voyant boire sans hésitation. Puis Sorcha lui rendit son pichet.

— Non, gardez-le, lui dit-il. Vous allez en avoir besoin, mademoiselle. Le voyage est long, et une petite sieste vous fera du bien. Il n'y a rien de tel que boire un petit coup pour fermer l'œil.

Sorcha savait qu'il avait raison. Pourtant, même l'*uisge* n'était pas arrivée à la faire dormir après la découverte des mensonges de son clan. Elle craignait de rester éveillée, l'esprit tourmenté, même après avoir bu tout le pichet. Elle remercia Alec pour la boisson et alla s'installer près de Liusaidh.

&a.

DANS LES RÊVES et la mémoire d'Aidan, Padruig Caimbeul était plus grand que nature. Aux yeux du jeune garçon qu'il avait été, Caimbeul était redoutable, avec sa longue barbe rousse et son épée assoiffée de sang. Mais l'homme maintenant assis devant lui ressemblait à un crapaud maladif. Il avait trois mentons et un ventre si gros qu'il débordait sur les bras de son fauteuil. Le père de Lìli, brouillé avec elle, était seigneur du château d'Inbhir Nis. Il l'avait reçu de son père, legs confirmé par David mac Mhaoil Chaluim, comme paiement pour avoir participé à la conspiration visant à assassiner Aidan. Le complot avait manifestement échoué, puisque Aidan se tenait là, dans la salle de l'homme. Et malgré tout l'or que Padruig avait réussi à soustraire à David pour sa perfidie, il n'avait rien obtenu de plus qu'un tombeau précoce. Il était à moitié mort, à en juger par la pâleur graisseuse de sa peau.

Néanmoins, sa cour elle-même était resplendissante, avec ses tapisseries dorées et ses boiseries sculptées autour du dais. Il n'y avait pas de joncs par terre. Le sol en granit poli luisait. Des colonnes se dressaient en périphérie, jusqu'au siège du seigneur sur le dais. Aidan n'en avait jamais vu de pareilles. C'était une scène digne d'un petit roi. Entre eux se tenaient des gardes en livrée, les yeux rivés sur Aidan. Mais rien de tout cela n'avait pour but d'impressionner les hôtes de Padruig. Aidan avait plutôt l'impression que Padruig les enfermerait volontiers dans une cellule et en jetterait la clé, si cela ne lui attirait pas la colère de David. Car même s'il avait été maintes et maintes fois à la botte du roi, ce dernier semblait de plus en plus se distancer des hommes sans honneur. Fait qui, tout en étant fortuit pour la Scotia, ne suffisait pas à faire de David le seul et véritable roi d'Aidan.

Leur groupe de cinq personnes, incluant la fille de Padruig, était entouré de gardes, tous munis de lances à pointe d'argent. Aidan avait réalisé que leur visite était vaine au moment même où il en avait annoncé le but.

Non seulement Padruig ignorait où se trouvait Sorcha, mais il n'avait de plus manifestement aucune idée qu'il était son père. Dommage, car si Aidan avait pu vivre vingt ans de plus sans jamais voir le visage de Padruig, il serait mort plus heureux.

— Tu veux dire que j'ai une fille ? demanda Padruig en pointant un gros doigt couvert de graisse vers Aidan.

La question resta en suspens, car Aidan avait déjà énoncé ce fait et il n'était pas disposé à se répéter.

— J'ai une fille et tu n'as jamais jugé bon de me le faire savoir ? Pas étonnant qu'on vous traite de sauvages, ajouta-t-il en faisant la moue. Vous manquez tellement de savoir-vivre.

Aidan serra les poings face à l'arrogance de l'homme. Caimbeul siégeait sur son trône doré, sur un dais élevé, et s'adressait à Aidan comme à un fantassin sans importance. Et ce, après avoir violé et maltraité la mère d'Aidan. Et maintenant, il osait demander *pourquoi* Aidan ne lui avait pas révélé qu'il était le père de Sorcha ?

Sale porc.

— Au cas où vous l'auriez oublié, vous avez une autre fille que vous étiez tout à fait prêt à sacrifier. Pourquoi voudrait-on vous en confier une autre ?

Aidan parlait bien sûr de Lìli, envoyée à Dubhtolargg pour l'assassiner dans son lit, un fait que son père nierait, sans aucun doute. Mais Lìli lui avait tout raconté, et malgré le sang de Caimbeul dans ses veines, Aidan croyait sa femme sur parole.

— Je vois, fit Padruig, regardant Aidan de travers, de ses yeux étrangement violets. Et ça ne te dérangerait pas de m'éclairer sur ce que tu veux dire ?

Il saisit une prune sur un plateau placé à côté de sa chaise et la savoura lentement, regardant Aidan de haut. Il mâchait avec ostentation, laissant le jus goutter le long de ses mentons. Aidan resta silencieux un instant pour garder son calme. Puis, n'en pouvant plus, il demanda :

— Ma sœur est-elle détenue chez vous, oui ou non ?

— Sorcha ?

— Oui.

— Quel nom charmant, lança Padruig, toujours à savourer sa grosse prune. Brille-t-elle autant que son nom ? Dans ton horrible dialecte, cela ne signifie-t-il pas quelque chose comme « lumière vive et rayonnante » ? Quelque chose de ce genre. Comme c'est curieux qu'elle ait disparu à la lumière de cette étrange étoile apparue récemment ! Tu ne trouves pas cela fascinant ?

Le comportement de l'homme fit pressentir à Aidan qu'il était déjà en train de comploter suite à cette nouvelle. Caimbeul se tourna vers la femme assise à côté de lui. Probablement la mère de Lìli, même si elle ne semblait pas vouloir parler à sa fille exilée qui se tenait derrière Aidan. Ils ne posèrent aucune question sur leurs petits-enfants et n'esquissèrent pas même un sourire furtif. Par chance, Lìli n'avait pas encore pris la parole et Aidan espérait qu'elle ne le ferait pas. Car, désarmé ou non, il était prêt à étrangler Padruig sur-le-champ si l'homme osait insulter la femme qu'il aimait. C'était pour cette raison qu'il n'avait pas voulu que Lìli l'accompagne. Cependant, malgré toute sa rage, une fois face à son père, Lìli avait manifestement décidé de garder le silence. Aidan se demandait si elle était venue dans l'espoir de retrouvailles douces-amères avec sa mère – une évocation larmoyante de leur éloignement, la manifestation d'un peu de regret de tout ce qui s'était passé. Mais rien de cela.

Padruig murmura quelque chose sur un ton véhément à la femme assise à côté de lui, puis il se tourna de nouveau vers ses hôtes indésirables. Il regarda par-dessus l'épaule d'Aidan et s'adressa à sa fille :

— Je vois que tu es venue, Lìleas. Viens donc saluer ta mère, nous t'avons enseigné de meilleures manières.

Voyant Lìli hésiter, il ajouta :

— À moins que tu ne sois devenue une sauvage, comme celui que tu as épousé ?

Tremblante, Lìli s'avança à la hauteur d'Aidan et chercha sa main. Il lui procura le soutien qu'elle atten-dait, sans se soucier de ce que son père penserait de son geste. S'il doutait de la force d'Aidan, il pourrait tou-jours la tester lui-même. Aidan n'était plus ce jeune in-fortuné qui n'avait eu un jour aucun recours contre celui qui avait assassiné son père.

— Est-ce vrai ? demanda Caimbeul. Sorcha est-elle ma fille ?

Lìli releva le menton.

— Oui, sire... c'est ma sœur.

Padruig se mit à rire, apparemment amusé. Puis il s'éclaircit la gorge et dit :

— Eh bien... dommage pour toi, ma chère. Je crai-gnais de devoir te laisser quelque chose, de peur que tu ne donnes tout à ce Scot des collines. Maintenant, je n'ai apparemment plus besoin de le faire, expliqua-t-il avec un sourire grotesque. Ta petite sœur sera peut-être un peu plus... malléable ? Et si elle est aussi fou-gueuse que sa mère... peut-être s'avérera-t-elle pro-fitable ?

Le visage d'Aidan devint cramoisi.

— Vous ne trouverez *pas* ma sœur malléable, dit-il, les dents serrées. Et si elle n'est pas votre prisonnière, nous en avons fini et nous allons prendre congé.

Padruig plissa les yeux.

— Tu sais, petit morveux, j'aurais dû te tuer quand tu n'étais qu'un gringalet. Hélas, je ne l'ai pas fait.

Aidan serra la main de Lìli.

— Vous pouvez essayer maintenant.

Padruig rit de nouveau.

— Des paroles audacieuses pour un *hôte* non armé. Dis-moi, roi des Scots des collines, qu'est-ce qui m'empêcherait de t'abattre, là même où tu te tiens ? Je serais bien en droit de le faire. Je pourrais dire que tu m'as menacé, et aucun homme présent ne le nierait, précisa-t-il en montrant de la main toute sa cour et ses gardes.

Aidan serra les dents.

— Je doute que vous puissiez vous extirper à temps de cette chaise pour sauver votre vie.

— Comment diable... lança Padruig en se levant de son siège, bien plus vite qu'Aidan ne s'y était attendu.

Il était préférable de ne pas provoquer l'homme tant que Lìli était à côté de lui, mais Aidan avait du mal à garder son sang-froid.

— Pour répondre à votre question, l'interrompit Aidan, je dois vous prévenir que je ne suis pas venu seul.

— C'est ce que je vois, scélérat. Mais si tu es ici aujourd'hui avec le soutien de David, dis-moi, dún Scoti, qui protège *ma* petite Sorcha ? demanda-t-il avec un geste de la main vers le firmament. Elle est comme une étoile lumineuse à mes yeux. Et si quelque chose devait arriver à ma fille, je te tiendrais personnellement pour responsable.

Aidan garda son air sévère, refusant de montrer à l'homme combien cette question l'inquiétait. C'était vrai. Il était venu avec une armée, mais Sorcha était quelque part, seule, sans défense. Et le pire était désormais avéré : son diable de père était aussi au courant.

— Va-t'en maintenant, lança Padruig en le congédiant d'un geste de la main et en se rasseyant. Sois assuré que je n'épargnerai rien pour rechercher *ma* fille. Je retournerai toutes les pierres... ajouta-t-il en feignant un air soucieux. Je retrouverai ma chère petite. Nous serons réunis et...

— Père, l'implora Lìli.

— Ferme-la, mauvaise fille ! explosa Padruig en se relevant. Tu as perdu mon nom, et tout ce que je possède, le jour où tu as couché avec cet immonde Scot des collines. Écoute-moi bien, ma fille, je ne ferai pas la même erreur avec ta sœur dont je viens d'apprendre l'existence. Dieu a jugé bon de me bénir avec une autre opportunité. Je trouverai *ma* fille et je m'assurerai qu'elle me donne des héritiers, même si je dois l'engrosser moi-même !

Rendu furieux par la menace, Aidan se précipita vers le dais. Il fut aussitôt stoppé par les lances des hommes de Padruig. Elles s'entrecroisèrent devant lui, lui bloquant le passage. Lìli refusa de lui lâcher la main, pour lui rappeler sa présence. Il ne serait pas non plus très utile à Sorcha s'il s'empalait ici sur les lances dorées de Padruig.

— Aidan ! s'écria Lìli.

Padruig se mit à rire hideusement.

— Partons, murmura Lìli. Maintenant ! Il veut juste te provoquer.

Mais au moment où Aidan se tourna pour s'en aller, elle jeta un long coup d'œil plein de nostalgie vers la femme assise à côté de son père. Lorsque celle-ci s'éloigna, Lìli étouffa un lourd sanglot. Aidan en eut le cœur brisé pour sa douce épouse. De peur qu'elle ne donne à son père la satisfaction de la voir en larmes, il l'entraîna vers la porte. Il aurait aimé s'attarder pour l'apaiser, mais la herse était déjà levée et six hommes franchissaient les portes au galop.

— Ils partent à la recherche de Sorcha, annonça Aidan.

Il le savait en son for intérieur.

Malgré tout ce qu'il avait gagné, tout l'héritage de Padruig Caimbeul était perdu sans héritier. Aidan se rendit compte qu'il devait trouver Sorcha avant que les hommes de Padruig n'y arrivent. Il embrassa rapidement son épouse sur les lèvres, lui dit qu'il l'aimait, puis la renvoya chez eux avec des gardes. Il prit ensuite le reste de ses hommes, ainsi que ceux que Jaime Steorling et David mac Mhaoil Chaluim lui avaient procurés, et se dirigea vers l'ouest.

CHAPITRE 4

Sorcha se réveilla la bouche sèche. Comme si elle avait avalé du coton. Elle avait mal à la tête et craignait d'ouvrir les yeux à cause du soleil trop brillant. Du moins pensait-elle qu'il s'agissait du soleil.

Elle se rappelait seulement être montée à bord. Ils avaient essuyé une tempête dès qu'ils avaient appareillé. Le bateau tanguait et roulait furieusement.

Non, ce devait être l'effet de l'*uisge*.

Sorcha ouvrit les yeux et réalisa soudain que c'était sa tête qui tournait, pas sa couche.

Elle se trouvait dans une pièce étrange, sommairement meublée et froide, qui ressemblait à une cellule de prison. Hormis la présence de toiles d'araignée, les murs étaient nus. Le lit lui-même était assez grand pour trois hommes adultes. Elle jeta un coup d'œil autour d'elle et aperçut un inconnu. Nu. Un homme costaud comme le capitaine, aux cheveux aussi blonds. Il ressemblait à un ours, assis sur sa chaise de l'autre côté de la pièce, les bras croisés, les yeux clos, ses épaules dénudées contre le mur. Même endormi, les traits de son visage étaient durs. Groggy, Sorcha pensa tout d'abord que ce devait être son geôlier. Puis elle finit par faire le rapprochement entre ce qu'elle voyait : un homme qu'elle ne connaissait pas, nu, et le lit froissé. Elle sursauta et sortit péniblement du lit. Elle arracha aussitôt les couvertures pour voir s'il y avait du sang. Les draps étaient propres.

Il ne lui *semblait* pas avoir été violentée. Pour sûr, si un homme de cette taille avait osé abuser d'elle, elle s'en serait rendu compte. Perplexe, Sorcha laissa retomber les couvertures et se tourna vers l'homme dénudé.

— Qui êtes-vous ? demanda-t-elle avec autorité, les mains sur les hanches.

Le colosse ouvrit les yeux. De grands yeux bleus, brillants. Il la regarda un peu de travers. Sorcha ressentit immédiatement l'envie de l'envoyer promener.

— Qui êtes-*vous* ? rétorqua-t-il. Et surtout, que faites-*vous* dans *mon* lit ?

Mais, à l'évidence, Sorcha n'était *plus* dans son lit. Ce qu'elle ne ressentit pas le besoin de souligner. Il pouvait le constater par lui-même.

— Pourquoi me demandez-vous qui je suis ?

— Je vais toujours droit au but, mademoiselle.

— Où est Alec ? demanda Sorcha.

C'était surtout Alec qu'elle voulait voir maintenant. Celui qui l'avait dupée.

— Je m'en doutais, fit-il, l'air dégoûté.

— De quoi ? reprit Sorcha, n'y comprenant toujours rien.

Elle avait qui plus est l'impression d'être très loin de l'île de Skye.

— Où suis-je ? demanda-t-elle, maintenant vraiment de mauvaise humeur.

Quelqu'un devrait lui rendre des comptes pour la duplicité d'Alec.

— Dans *ma* chambre, répondit l'homme, comme si Sorcha était une idiote.

Elle lui lança un regard noir.

— Et où, je vous prie, est située votre chambre ?

— Dans le donjon de Dunrònaigh.

Comme si elle savait où c'était ! *Respire*, se dit Sorcha. *Respire*. Il pouvait tout à fait y avoir une explication logique. Le fait que les siens l'aient trahie ne voulait pas dire que tous ceux qu'elle rencontrait étaient aussi mal intentionnés.

— Très bien. Alors, dites-moi... est-ce que par hasard Dunrònaigh se trouve sur l'île de Skye ?

— Non, dit l'homme en se levant brusquement, nu comme un ver, mais nullement gêné d'exposer ainsi son vit. Si vous n'avez plus besoin de mon lit, peut-être me laisserez-vous me reposer ?

Comme si elle pouvait ! Mais s'il n'était pas son geôlier, alors ils devaient être enfermés ensemble.

Il traversa la pièce sans hésiter vers le lit qu'il prétendait sien. Sorcha s'écarta brusquement de son chemin, surprise qu'il ne tourne pas la tête vers elle lorsqu'elle l'évita. Ils avaient failli se rentrer dedans et elle trébucha presque sur sa manche. Parbleu, que portait-elle, au nom de la Cailleach ?

Une robe de mariée ? Longue et flottante, avec de longues manches larges qui traînaient par terre. Bleu glacé et finement cousue. Qui avait changé ses vêtements ? Et surtout, *pourquoi* l'avait-on parée d'un habit si élaboré ? Et au fait, si elle n'était pas sur l'île de Skye, où donc était-elle ?

— Vous allez dormir ? demanda Sorcha, indignée de le voir sous les couvertures.

Il se retourna contre le mur.

— À moins que vous ayez quelque chose de mieux à me proposer ? lança-t-il, sans pour autant se montrer prêt à mettre sa menace voilée à exécution.

— Je vous arracherais les yeux, l'avertit Sorcha.

— Ce serait peine perdue, répliqua-t-il.

Parce qu'il ne voulait pas d'elle ? Ou parce qu'il l'avait déjà eue ? Dans les deux cas, la situation rendait

Sorcha de plus en plus furieuse. *Pourquoi toutes ces foutaises ?* Où Alec l'avait-il emmenée ?

Prenant la place de l'inconnu, Sorcha s'assit sur *sa* chaise. Elle essayait de comprendre ce qui se passait. Après un long moment, l'homme nu se mit à ronfler, et bruyamment en plus.

Son frère Aidan lui aurait dit de ne jamais se fier à des étrangers, mais elle avait été si déterminée à poursuivre Una qu'elle n'avait même pas envisagé la possibilité d'un traquenard. Pensait-elle pouvoir échapper aux périls qui menaçaient une femme seule ? Avait-elle été tellement arrogante qu'elle se croyait à l'abri de tout danger ?

Sorcha était une gardienne, une élue, mais cela ne voulait pas dire qu'elle ne pouvait pas saigner. Néanmoins, avec toutes ses facultés, elle n'était pas sans défense. Elle n'avait pas été élevée dans la peur.

Elle essaya de se rappeler le plus de choses possibles, mais rien ne lui revenait avant l'*uisge*. L'homme du nom d'Alec lui avait tendu le pichet et Sorcha l'avait bien sûr accepté, ayant peu de raisons de croire qu'il s'agissait d'autre chose que ce qu'il avait prétendu. *Après tout, pourquoi lui aurait-il menti ?* Sorcha lui donnait déjà tout ce qu'elle avait de valeur. Et elle n'avait pas un instant eu l'intention de boire plus que nécessaire.

Il n'y avait aucune autre explication. L'*uisge* avait dû être *droguée*.

En y repensant, il avait accepté trop facilement de la prendre à bord...

Cet « Alec » l'avait-il déposée dans un endroit secret, pour ensuite s'enfuir sur son cheval ? L'avait-il vendue à un gros laird solitaire ? Ou pire... le bateau avait-il coulé ? Sorcha avait peut-être été transportée par le courant sur le rivage, la seule survivante sur une île oubliée ?

Parbleu. Elle eut finalement soudain peur en se rappelant Liusaidh. *Mais non !* Elle devait prier et croire que sa jument était en vie et en bonne santé.

Hélas, elle aurait aimé poser toutes ces questions et d'autres encore, mais les ronflements du géant remplissaient la pièce. Il l'avait aisément oubliée.

Plus Sorcha attendait qu'il se réveille, plus elle était en colère. Comment avait-on osé l'enfermer dans une tour comme une prisonnière ! Et si elle était vraiment prisonnière, qui était cet homme ? *Un prisonnier aussi ?* Quelqu'un s'était apparemment enfui avec les vêtements de l'inconnu, car elle n'en voyait aucune trace dans la pièce. Ni même des siens. Et d'ailleurs, elle ne voyait pas non plus sa *keek stane,* ni son grimoire, les deux seules choses dont elle ne pourrait jamais supporter de se séparer – pas si elle avait l'intention de retrouver Una.

Aux yeux de quiconque, cette *keek stane* semblerait n'être rien d'autre qu'un banal cristal, alors qu'il s'agissait en fait d'une pierre de voyance ancestrale, capable de révéler le passé et le présent. La dernière vision que Sorcha avait lue dans ses profondeurs lui avait révélé son lien avec Padruig, et maintenant que le cristal l'avait lancée sur cette voie chaotique, il allait lui faire défaut. Et le grimoire, dont elle commençait à douter de l'utilité, était rempli de recettes de potions et de remèdes. Ces deux objets étaient trop précieux pour les perdre. Et pourtant, elle était là, assise sur son derrière, attendant que quelqu'un l'éclaire !

La colère la rendait agitée. Déterminée à obtenir ses réponses une fois pour toutes, Sorcha se leva de la chaise et se dirigea vers le lit. Elle secoua le grossier personnage par l'épaule.

Sans aucune honte, il se retourna et sortit une jambe nue de dessous les couvertures. Il posa un pied à terre et couvrit rapidement ses yeux d'un bras, comme pour les protéger de la lumière, mais il ne se soucia pas de couvrir son vit. Impressionnant, d'ailleurs.

— Qui êtes-vous ? lui lança Sorcha d'un ton sec.

L'homme ne répondit rien. Elle le secoua alors de nouveau.

— Hé !

— Ah ! Êtes-vous sans pitié, mademoiselle ? J'ai passé toute la nuit sur cette foutue chaise en attendant mon tour. Maintenant, le moins que vous puissiez faire, c'est de montrer un peu de reconnaissance et de me laisser me reposer.

De la reconnaissance ?

Sorcha était seulement reconnaissante qu'il ait eu la décence de la laisser tranquille, mais cela n'expliquait pas ce qu'elle faisait dans *son* lit, ni qui il était. Cela n'expliquait pas non plus pourquoi elle était enfermée dans une tour, vêtue de la robe d'une femme de petite taille.

— Je ne comprends pas, déclara Sorcha.

— Eh bien, nous sommes deux, rétorqua l'homme. Bon, si vous avez fini maintenant, fermez-la s'il vous plaît et laissez-moi me reposer.

Quelle vulgarité !

Sorcha s'éloigna du lit. Personne ne lui avait jamais parlé de façon si impolie. De toute sa vie. Elle alla se rasseoir sur la seule chaise de la pièce, à côté de l'unique porte.

Devrait-elle y frapper ?

Qui viendrait ?

Non. Elle devait d'abord déterminer ce qui s'était passé, pour mieux se préparer à ce qui l'attendait. Si elle réveillait toute la maisonnée, qu'arriverait-il ensuite ?

Elle avait entendu parler de tribus où les hommes s'emparaient de femmes pour en faire leurs épouses. Mais ce mufle ne semblait pas le moins du monde s'intéresser à elle. Il ne l'avait manifestement pas touchée, et il ne semblait pas la trouver attrayante du tout. Pour une raison ou une autre, cela la rendait irascible. Mais pourquoi ? Cela n'avait aucun sens. Elle lui arracherait les yeux s'il osait la toucher sans permission. Et pourtant, les hommes *adoraient* sa sœur Lìli dont la beauté inspirait les troubadours. Une ode lui avait été dédiée, de même qu'une malédiction. Sorcha était-elle donc imparfaite au point d'être si peu attrayante, même aux yeux de ce barbare grossier ?

Les ronflements de l'homme résonnaient comme le tonnerre, se répercutant sur les murs. Des murs de pierre pleins de fissures et de crevasses. Sorcha se mit à inspecter la robe qu'elle portait, la trouvant élimée. En vérité, la sienne était très bien. Un peu terne peut-être, faite de la douce laine brune de Glenna, mais parfaitement convenable.

Croisant les bras pour se protéger du froid matinal, Sorcha se leva pour examiner sa prison. Elle était apparemment dans une tour.

Elle traîna sa chaise vers la seule fenêtre de la chambre, une longue fente étroite par laquelle pouvait à peine passer un doigt, encore moins une personne. L'ouverture était juste assez grande pour laisser entrer un rayon de soleil qui tombait sur le visage de l'homme endormi, ce qui ne semblait pas du tout le déranger.

Prenant soin de ne pas réveiller le scélérat au caractère de chien, Sorcha grimpa sur la chaise, occultant la lumière. L'homme ne s'en rendit pas compte et continua à ronfler.

Il avait dû se réveiller et trouver Sorcha dans son lit. Était-il allé s'installer sur sa chaise ensuite ? Dormait-il toujours aussi profondément ? Ou avait-il été *drogué*, lui aussi ? Certainement, Sorcha ne s'était pas réveillée quand on l'avait amenée ici.

Agacée à cette pensée, elle arracha un morceau de

tissu rouge délavé coincé dans une fissure. Il était long et déchiré, et recouvert de quelque chose...

Elle le porta à son nez et fit une grimace à l'odeur de nourriture avariée. Dégoûtée, elle repoussa le tissu par la fente et laissa le vent l'emporter.

De sa position avantageuse sur la chaise, elle pouvait voir l'île d'un bout à l'autre. Des champs verdoyants partout, excepté le long du littoral escarpé, formé de falaises sombres. Comme cette pierre que ses ancêtres avaient cachée depuis plus de deux siècles. La pierre de Scone. Maudite, quoique disparue maintenant. La pierre que son peuple avait dissimulée et gardée au détriment de leur propre bien-être, pour la voir finalement ensevelie sous terre. Cela avait-il un sens ? *Aucun.* Mais là n'était pas la question pour l'instant, car elle n'était manifestement pas sur l'île de Skye. À moins qu'elle ne soit quelque part en route vers sa destination ?

Encore une fois, elle envisagea la possibilité d'un naufrage.

Au port, en effet, aucun des autres marins n'avait été le moins du monde enclin à tenter sa chance. Mais Sorcha, bien sûr, avait refusé d'écouter les avertissements de la Cailleach. Elle avait été tellement déterminée à suivre Una. Et maintenant... elle était dans de beaux draps.

Haut dans le ciel, positionnée de telle sorte qu'elle pouvait à peine l'apercevoir – seulement en repoussant la tête en arrière et en tombant presque de la chaise –, cette étrange étoile qu'elle avait suivie semblait planer au-dessus de l'île.

Pendant ce temps, près de la tour, elle distinguait des gens allant ici et là, gais comme des pinsons, semblant ignorer que Sorcha dépérissait dans leur *prison*.

À moins qu'ils ne le sachent en fait et que, comme les membres de son clan, ils n'aient aucun scrupule. Déconcertée par ce qu'elle avait découvert, Sorcha se rassit tristement sur la chaise.

À quoi servirait de crier ?

Quelles étaient les chances que quelqu'un se soucie d'elle ?

Elle était à l'évidence sous la garde du laird de cette île, et avec ce... scélérat – cet homme qui s'intéressait plus à son sommeil qu'à sa propre liberté –, ils étaient retenus contre leur volonté. Qu'avait-il fait ? Était-il un meurtrier ? Un voleur ?

Une chose était certaine : ce n'était pas un violeur, grâces soient rendues aux dieux. Mais par la Cailleach, il était grossier et désagréable. Et pour la première fois depuis que Sorcha avait quitté la vallée, son frère lui manquait terriblement. Aidan aurait récuré le sol avec le joli minois de cet homme. À présent, elle regrettait d'avoir pris tant de soin à couvrir ses traces. Personne ne pourrait la retrouver... à moins d'avoir l'idée, comme elle l'avait fait, de suivre cette fichue étoile.

En colère et l'esprit rebelle, elle secoua le poing vers l'astre lumineux.

— Je sais que tu es là, murmura-t-elle. Pourquoi m'as-tu abandonnée, Una ?

Mais la dernière chose qu'Una lui avait dite lui traversa soudain l'esprit : « Cherche ceux que tu aimes avec tout ton cœur », avait-elle dit. « Pas avec ta tête. »

CHAPITRE 5

— *P*sitt... vous... la belle au bois dormant...
La belle au bois dormant ?

Surpris, Caden faillit éclater de rire. Il ne réagit pas, bien sûr. Pourtant, il ne dormait pas. Qui pourrait dormir avec cette femme en train de brailler ?

Pendant des mois, il avait préféré la stupeur et l'inutilité à la vérité. Il avait tué son propre frère. Il avait tranché la tête du jeune Davie. Et maintenant, il ne pouvait même pas porter une cuillère à sa propre bouche. Puant et couvert de nourriture avariée, il avait déchiré sa tunique en lambeaux et l'avait jetée par la fenêtre. Il n'était plus bon à rien – un misérable squelette, destiné à passer le reste de sa vie sur le dos, sinon il risquerait de se blesser simplement en allant jusqu'à la porte. Rien qu'hier, il s'était cogné contre le chambranle une demi-douzaine de fois et il avait passé sa rage sur la porte. Pendant deux longs mois, il avait eu de la fièvre à cause de ses blessures. Il n'était jamais sûr de se réveiller le lendemain. Cinq mois plus tard, il était toujours un fardeau pour son clan.

Espérant se soûler pour oublier, il s'était endormi la veille au soir, un pichet d'*uisge* à portée de main, un cadeau d'Alec avait-il supposé. Caden comprenait à présent pourquoi Alec avait voulu qu'il s'enivre. *Le vaurien.* Il ne lui avait pas offert le pichet par souci pour son bien-être ou pour améliorer son humeur, il avait simplement voulu *droguer* Caden pour qu'il ne se rende pas compte qu'on déposait une pauvre jeune fille dans son lit.

Et qui diable était-elle ? Elle n'était pas de l'île, ça, c'était certain. Caden connaissait tout le monde, hommes, femmes et enfants. Sur ce petit lopin de terre, il était impossible de rencontrer un étranger, et pourtant elle n'était pas d'ici.

Il y avait une chose qu'il savait : elle avait les cheveux doux. Il s'était réveillé à côté d'elle, sentant ses tresses soyeuses lui chatouiller le bras. Il avait aussitôt bondi du lit, craignant de l'effrayer par sa virilité excitée – de manière tout à fait inattendue, vu son état actuel. Caden ne se souvenait même pas de la dernière fois où il avait couché avec une femme ou en avait seulement eu le désir.

Celle-ci sentait les genévriers et le soleil, et ses cheveux étaient doux. C'était tout ce qu'il savait d'elle. Elle pouvait être grosse ou maigre, avoir les cheveux blonds ou bruns. Il ne pouvait pas deviner cela au simple son de sa voix, suave, malgré son ton furieux. Mais Caden ne lui en voulait pas. Si c'était lui qui avait été traîné et déposé ici contre son gré, il aurait poussé de tels hurlements que les kelpies eux-mêmes auraient tremblé de frayeur sur leurs couches. Il trouvait admirable le fait qu'elle n'avait pas peur de lui. Elle semblait ne rien craindre du tout. Et même sans connaître l'état de Caden, elle ne se laissait pas intimider par lui, ce qui était plutôt remarquable.

Néanmoins, Caden n'avait aucune intention de satisfaire ses besoins simplement parce qu'elle était là. Il n'était pas une bête, prêt à s'accoupler à tout moment. Il ne souhaitait pas non plus engendrer des enfants qu'il ne pourrait pas élever.

Au nom de Dieu, à quoi donc pensait Alec ? Était-il si désespéré de remonter le moral de Caden qu'il avait kidnappé une jeune femme pour le consoler ? N'avait-il pas tiré des leçons du père de Caden et du vieux MacLeod ?

Une nuit, ivre, MacLeod avait emporté la mère de Caden sur l'île de Skye. Quant à son retour à Rònaigh, Caden avait entendu plus d'une variante de cette histoire. D'après certains, dès que le vieux MacLeod avait réalisé que Mary Mac Swein portait un enfant, il l'avait aussitôt réexpédiée au père de Caden. Mais d'après une autre version, la femme s'était échappée au milieu de la nuit et le petit Davie avait peut-être été engendré par MacLeod. Caden, lui, n'avait aucun doute : Davie était de son sang et il aurait transpercé par l'épée quiconque…

As ucht Dé, quel besoin avait-il d'héritiers quand il ne pouvait pas se battre pour les protéger ?

Non, il était préférable que son peuple trouve un moyen de vivre sans lui, même s'ils devaient abandonner Rònaigh et plaider leur cause auprès du vieux MacLeod. Rònaigh était sûrement maudite. Sinon, pourquoi les dieux avaient-ils jugé bon de se débarrasser de quatre héritiers bien portants et de laisser un aveugle régner à leur place ?

— Psitt... hé... psitt...

Caden continua d'ignorer la jeune têtue. Il fit de nouveau semblant de ronfler, profitant du silence qui s'ensuivit. Il se demandait pourquoi elle n'essayait pas tout simplement d'ouvrir la porte. Il savait avec certitude qu'Alec ne la bloquerait jamais, car c'était la porte de Caden, et il n'oserait pas faire cela.

Quoi qu'il en soit, pourquoi s'embêter ? On ne pouvait aller nulle part. Pas sans bateau. À moins que la fille ne soit dangereuse ? Peut-être avait-il, enfin, l'intention de se débarrasser de Caden ?

— Psitt... hé, vous... psitt, psitt...

— Ah, mademoiselle, que voulez-vous ? Ne voyez-vous pas que je dors ?

— Non, vous ne dormez pas.

— Comment le savez-vous ?

— Parce que votre *petit soldat* se tient au garde-à-vous. Je le vois se tortiller.

Caden cligna des yeux. Il n'en croyait pas ses oreilles.

Naturellement, il ne comprit pas immédiatement ce que la fille voulait dire. Puis réalisant de quoi elle parlait, il descendit sa main pour en être sûr. En effet, son « petit soldat » dansait comme un idiot. Cependant, la manière dont elle avait décrit son membre le fit éclater de rire.

— Ah, finalement ! Je suis tellement contente que vous trouviez ça amusant, dit-elle avec sarcasme. Ça fait combien de temps que vous êtes emprisonné dans ce trou perdu et dégoûtant ? lui demanda-t-elle lorsqu'il eut fini de s'esclaffer.

Dégoûtant, vraiment ? Caden choisit prudemment ses mots pour répondre.

— Pas assez longtemps, dit-il, retombant dans sa mauvaise humeur.

Il retint un petit sourire.

— Eh bien, vous avez dû faire quelque chose de terrible, en déduit-elle.

— Absolument, en convint-il.

Oui, c'était vrai. Le prêtre chrétien avait dit que sa cécité était une pénitence de Dieu... En vérité, aucune blessure ne pouvait expliquer qu'il ait perdu la vue. Il avait l'usage de ses yeux, puis en un instant tout était devenu noir. Comme pour Davie.

— Hmm... eh bien... si nous sommes condamnés à

être compagnons de cellule, je suppose que vous devriez connaître mon nom.

Silence.

— Je m'appelle Sorcha. Et vous ?

— Caden, répondit-il après un moment, se sentant coupable de la duper.

— Alors, dites-moi, Caden… qu'est-ce qui vous a valu un tel sort ?

— J'ai tué un garçon, avoua-t-il en poussant un long soupir.

— Exprès ?

— Non.

— C'était un accident alors ?

— Je suppose.

— Parbleu ! Qui est donc le laird de ce misérable château ?

— Un homme odieux, pour sûr, répondit Caden sur un ton plein de haine.

— Ça, c'est certain, reprit Sorcha. Qui enfermerait une innocente dans une tour ?

Silence.

— Je parle de moi, si vous voulez savoir, annonça-t-elle. Je ne sais pas ce qu'il en est pour vous, mais moi, je n'ai rien fait pour mériter ce traitement. J'ai simplement payé mon passage pour me rendre sur l'île de Skye. Au lieu, ils m'ont amenée ici et m'ont enfermée contre mon gré. Et savez-vous, un jour, on a aussi enfermé ma sœur. Elle a été à deux doigts de se faire pendre. Elle l'aurait en fait peut-être mérité, mais je suis contente qu'ils ne l'aient pas fait. Et maintenant, vous ne le croiriez pas si vous la voyiez, avec des enfants courant partout…

Elle garda le silence un instant, mais il comprit qu'elle avait d'autres choses à dire.

— Je suppose qu'ils veulent que j'épouse leur laird,

mais je n'arrive absolument pas à comprendre pourquoi. Il a dû me confondre avec une autre.

Il signifiant Alec probablement.

— Je n'ai rien qui ait de la valeur.

Silence de nouveau. Caden ne voulait pas l'effrayer. Elle avait plus de valeur qu'elle ne l'imaginait.

Depuis des années, Alec plaisantait en disant qu'il enlèverait une jeune femme. Avec son courage, elle ferait une belle épouse, à moins d'être moche comme un pou.

— Vous m'écoutez ?

— Oui, mademoiselle. Vous ne vouliez pas voir votre sœur pendue au gibet.

— Je ne suis *rien* du tout, persista-t-elle. Je suis juste Sorcha.

— Ah, vous devez bien être *quelqu'un*, contesta Caden, amusé par l'ardeur dans sa voix. Tout le monde est quelqu'un.

— Hmm…, fit-elle, avec l'aisance d'une prisonnière ayant trouvé un allié en la personne de son compagnon de cellule. En tout cas, je n'épouserai *jamais* ce laird odieux. Il doit être franc comme un âne qui recule, avec six pattes et six orteils, et des verrues au bout du nez. Seul un homme comme *ça* ressentirait le besoin de kidnapper une femme pour en faire son épouse…

Caden était entièrement d'accord.

— Aucun homme digne de ce nom ne devrait prendre une femme contre sa volonté.

— C'est vous qui le dites ! rétorqua-t-elle. Regardez-vous ! Vous n'êtes pas mal, mon brave, et si vous n'étiez pas enfermé dans cette tour, il me semble que vous pourriez choisir n'importe quelle femme. Regardez-vous, et vigoureux, par-dessus le marché.

Elle émit un petit rire mélodieux.

— Je ne pense pas que quiconque vous accuserait de

mordre les oreillers. À moins que vous ne préfériez les hommes, mais ça m'étonnerait.

Non, Caden ne préférait pas les hommes ! Il n'avait jamais entendu cette expression et n'avait en fait jamais rencontré un « mordeur d'oreillers », même s'il supposait que c'était nettement mieux de s'accoupler avec un autre homme qu'avec une chèvre. En vérité, il avait dû confisquer tout son bétail à un homme un jour, puis il l'avait envoyé dans un monastère. Il avait eu pitié de lui, car il savait comme il était difficile de vivre sur cette île isolée avec si peu de jeunes filles, ce qui n'était plus le cas maintenant : par un soudain revers du destin, ils avaient maintenant beaucoup plus de femmes que d'hommes, et c'étaient les femmes qui choisissaient, même après la fête du premier mai. Une seule bataille, et tout avait changé. Néanmoins, jusqu'à maintenant et à la différence d'Alec, Caden avait été trop occupé avec la défense de cette terre pour penser aux femmes. Soudain, inexplicablement, il ressentit tout le poids de sa saleté. Après avoir renversé tant de nourriture sur ses vêtements, il ne prenait plus la peine de s'habiller. La moitié du temps, Moira posait son assiette sur sa chaise, puis ressortait en courant, sans dire un mot, comme si elle avait peur qu'il lui fracasse le crâne. Aux yeux de Caden, c'était une faveur qu'il leur faisait, car il faudrait être fou pour vouloir s'asseoir à table et regarder un homme de son âge se fourrer des pois dans le nez.

La jeune fille resta silencieuse. Caden réfléchissait. Il se demandait si elle regardait par la fenêtre. Plus tôt, il l'avait entendue traîner la chaise sur le parquet et il se doutait qu'elle l'avait placée sous la fenêtre. Le donjon de Dunrònaigh avait été construit pour des Vikings, des hommes de haute taille. Même Caden devait se tenir sur la pointe des pieds pour voir dehors, un effort désormais inutile.

Enfin, après un long intervalle de silence, elle lui demanda :

— Alors, ce garçon que vous avez tué... était-il apparenté au laird ?

Le seul fait de prononcer le mot était douloureux. Caden avala sa salive avec difficulté.

— Oui.

La jeune fille se tut de nouveau, comme si elle ne savait que dire de plus. En attendant, Caden essayait de ne pas se représenter le corps du petit Davie tituber devant lui... sans sa tête. Son corps avait mis un temps surprenant à comprendre sa propre perte et, un très bref instant, Caden avait cru déceler la surprise de son frère dans sa position...

Puis la Cailleach avait dû le prendre en pitié, car il ne se souvenait plus de rien après cela. La cécité l'avait affecté brusquement. Il n'avait pas vu le corps de Davie s'effondrer dans l'herbe tachée de sang.

Pour l'amour des siens, Caden avait endurci son cœur. Il avait lutté les larmes aux yeux et un seul mot à la bouche. *Non, non, non.*

— Quand je rencontrerai cet homme face à face, je lui arracherai les cheveux, l'avertit Sorcha, sur un ton déterminé. Je veux parler du laird. Comment ont-ils eu l'audace de m'enfermer dans cette tour avec un meurtrier...

— Essayez d'ouvrir la porte, suggéra Caden en remontant les couvertures.

Sorcha fronça les sourcils à cette suggestion absurde.

Essayer d'ouvrir la porte ?

Il semblait inconcevable que la porte ne soit pas verrouillée. Mais quelque chose dans le ton de l'homme lui donna envie de se gifler elle-même.

Elle avait bien sûr supposé que la porte était fermée, cela allait de soi. Elle était seule dans une chambre avec un homme bizarre, qui semblait d'ailleurs être là depuis très longtemps. Il avait les cheveux emmêlés et en bataille, comme s'il avait passé plus de six mois au lit. Malgré tout, cela ne ruinait pas sa belle apparence. Il avait le visage d'un dieu viking. Il était assez grand, même pour un homme. Plus grand et plus fort que son frère Aidan. Ses bras et ses jambes ressemblaient plus à des troncs d'arbre qu'à des membres humains. Néanmoins, aussi beau soit-il, il paraissait mal dans sa peau. Et autre chose semblait clocher...

Tout le temps qu'elle lui avait parlé, il n'avait jamais croisé son regard. Il aurait pu au moins le faire par curiosité.

Sans un mot, Sorcha se leva et suivit la suggestion de Caden. Elle tourna la poignée. La porte était... *déverrouillée...*

Mais comment cela était-il possible ?

Retenant son souffle, Sorcha ouvrit la lourde porte pour voir qui était de l'autre côté.

Personne.

Aucun garde. Pas l'homme du nom d'Alec. L'antichambre était totalement déserte. Il y avait juste un petit lit, quelques malles et deux brasiers. Pas un, mais deux. Sorcha supposait qu'on en avait sorti un de la pièce où elle se trouvait, mais pourquoi ? Les fenêtres de l'antichambre étaient un peu plus accessibles, offrant à Sorcha une bonne vue sur la cour en dessous. Néanmoins, elle ne s'attarda pas. Au lieu, elle dévala l'escalier, s'attendant à moitié à ce que Caden sonne l'alarme. Mais il ne dit rien lorsqu'elle referma la porte derrière elle et n'essaya pas de la retenir.

Sorcha descendit les marches quatre à quatre.

Contrairement à toutes les habitations qu'elle connaissait, cette maison était grande et étroite. L'escalier était étriqué, avec des marches glissantes et raides. Il y avait quelques portes le long de la descente, et au bas de l'escalier, elle se retrouva dans une alcôve circulaire avec trois portes de sortie.

Laquelle choisir...

Elle était indécise, ce qui n'était pas du tout dans sa nature. Mais comment expliquer le contraire ? Son avenir dépendait de son choix. Sorcha toucha chaque porte, essayant de deviner ce qu'elle découvrirait de l'autre côté. Ses sens habituellement aiguisés étaient émoussés par la *drogue* qu'on lui avait fait boire. Dommage qu'elle ne puisse pas maîtriser aussi facilement ses visions. Et où diable était sa *keek stane* ? Enfin, se rendant compte qu'elle n'avait pas beaucoup de temps, Sorcha choisit la porte la plus à gauche. Elle l'ouvrit doucement et trouva une pièce également inoccupée. Cela semblait être une salle de stockage, mais elle était presque vide, avec une seconde porte de l'autre côté.

Sorcha entra, referma la porte derrière elle et se dirigea silencieusement vers la seconde porte. Elle la poussa sans qu'on la remarque. Le soleil l'assaillit aussitôt, l'aveuglant momentanément.

— *Madainn mhath !* la salua une femme.

Sorcha poussa un cri de surprise.

— Ah, bonjour ! répondit-elle, sans véritable notion du temps.

— J'espère que vous avez bien dormi, mademoiselle ?

Autant que le pouvait une femme *droguée*, puis placée dans une tour, dans le lit d'un étranger.

Mais Sorcha répondit :

— Oui.

En retour, la femme lui offrit un large sourire.

— *A bheil an t-acras ort ?* Vous avez faim ? lui demanda-t-elle dans la langue ancienne.

Sorcha cligna des yeux, perplexe. Ces gens ne se comportaient pas comme des geôliers. Peut-être n'était-elle pas du tout prisonnière ?

Elle s'inquiéta. Le bateau avait peut-être vraiment fait naufrage dans une tempête dont elle n'arrivait pas à se souvenir. Peut-être s'était-elle cogné la tête contre le mât ou autre chose, et tout le monde s'était noyé, sauf elle. D'une façon ou d'une autre, elle avait dû échouer sur cette île... Mais cette histoire ne lui plaisait guère, car alors *tout* serait perdu, y compris sa douce Liusaidh.

— Oui, répondit Sorcha, ayant déjà oublié la question.

Semblant comprendre sa confusion, la femme au doux visage prit Sorcha par la main.

— Venez, mademoiselle, on va vous trouver quelque chose à manger, dit-elle. Puis on ira voir votre belle jument.

— Liusaidh ?

La femme sourit.

— Vous vous appelez Sorcha, n'est-ce pas ?

— Absolument, déclara Sorcha.

Elle secoua la tête, complètement et totalement déconcertée. Elle laissa néanmoins la femme la conduire.

CHAPITRE 6

Il n'y avait jamais eu tant d'effervescence
depuis la poursuite d'Oengus et de ses fils.

Dès que Keane apprit la disparition de sa plus jeune
sœur, il rassembla un grand nombre d'hommes et
monta en selle. Chacun à son rythme, ils parcoururent
les bois, les collines et les vallées, à la recherche du
moindre signe de Sorcha dún Scoti. Quatre jours plus
tard, ils n'avaient toujours rien trouvé. Aidan était de
plus en plus inquiet. Sorcha avait trop de valeur pour
Padruig, car il n'avait pas d'héritiers, en dehors de la
fille qu'il avait abandonnée et du petit-fils qu'il refusait
de reconnaître. S'il désirait préserver sa lignée, il devait
soit renoncer à sa fierté, soit se procurer un fils... ou
une autre fille à troquer. Il eut la chance que le sort lui
offre cette dernière.

À vingt-quatre ans, Sorcha était tout aussi belle que
sa sœur Lìli. Mais elle était aussi jeune et naïve que ra-
vissante. Elle n'avait pas l'ardeur de Lael, ni la finesse
de Cailin. Néanmoins, comme Catrìona, kidnappée
dans la vallée par le roi David lui-même, la plus jeune
de ses sœurs était beaucoup plus habile qu'on ne le
pensait. Keane en était bien conscient. *En cela, elle ressemblait beaucoup à sa femme, Lianae.*

Les deux femmes étaient très douces, mais si l'occasion l'exigeait, Keane ne souhaiterait pas subir les conséquences de la mauvaise humeur de l'une ou de l'autre.

Il sourit en pensant à sa femme, se rappelant le jour où il l'avait rencontrée à Lilidbrugh, les pieds nus et en sang. Pourtant, elle aussi s'était comportée d'emblée comme une furie. Sorcha avait cette même douce bonté, mais avec un côté impitoyable qui la servirait bien. À moins bien sûr que quelqu'un ne fasse appel à sa compassion. Dans ce cas, qui sait ce qu'il pourrait la pousser à faire.

Quant à Padruig... Keane était pratiquement sûr qu'elle n'était pas retenue par ce vieil idiot.

S'il la détenait, il n'aurait jamais envoyé des hommes passer les bois au peigne fin uniquement pour faire de l'esbroufe. C'était une poule mouillée et un avare, jamais prêt à gâcher ses ressources. Néanmoins, juste pour en être certain, Aidan patrouilla les terres près d'Inbhir Nis tandis que Cameron MacKinnon alla à l'ouest vers Perth et Argyll. Keane, sans pouvoir expliquer pourquoi, décida de se diriger vers le nord-ouest.

C'était cette étoile.

Elle lui faisait penser à Una.

Et s'il avait Una à l'esprit, il se doutait que Sorcha aussi.

Les deux avaient été si proches, et Sorcha n'avait pas été la même depuis la mort d'Una. Pas étonnant qu'elle ait perdu la tête. La pauvre fille avait eu le choc de sa vie en apprenant tout à coup qu'elle avait une sœur, et un père que tous détestaient.

Keane soupçonnait qu'elle devait se sentir trahie par les membres de son clan – y compris lui-même, car il n'avait jamais osé contester l'ordre d'Aidan de ne rien dire à Sorcha. Le secret lui avait paru tout à fait anodin. Après tout, quel bien pouvait ressortir du fait qu'elle apprenne que son père était la crapule qui avait tué leur père et souillé leur mère ?

Entouré de pins ancestraux dans toutes les directions, Keane se mit à la place de sa sœur. Heureusement, il avait un atout de plus que son frère : il avait passé dix ans dans la garde du roi David, à suivre des forces rebelles. Mais surtout, il avait parfaitement conscience que sa sœur savait dissimuler ses traces, car c'était lui qui le lui avait appris. Elle était souvent venue à Dunràth. Il était certain qu'elle pourrait se défendre. Il lui avait appris tout ce qu'il savait et c'était une bonne élève – au point qu'il avait du mal à la suivre.

Le cinquième jour, après la neuvième heure, il repéra finalement une piste à l'extérieur d'un petit village. Il découvrit un feu de camp recouvert de terre et presque impossible à détecter, car elle avait découpé son bois en petits morceaux pour qu'il brûle plus uniformément. Elle vivait de la terre, mangeant des champignons sauvages, des poireaux et des baies, tous abondants en ce printemps. Le cœur tendre, Sorcha aimait les animaux. Elle se contentait de la générosité de la nature et cueillait ce qu'elle pouvait manger. Keane trouva des indices d'ail fraîchement ramassé et des queues de baies sauvages. Sa sœur, plus que quiconque, savait exactement lesquelles étaient comestibles. C'était une apothicaire et une guérisseuse accomplie. Tout à son honneur, elle avait été sous la double tutelle de Lìli et Una, et bien qu'elle aime se considérer leur élève, elle était tout aussi douée.

Certain d'avoir retrouvé la trace de Sorcha, Keane la suivit en direction du chemin royal, pour la reperdre plus loin. Quand il atteignit cette route, il fut surpris de la découvrir très fréquentée, par des groupes hétéroclites de pèlerins qui voyageaient ensemble. Il n'avait jamais rien vu de pareil, pas même lors de ses voyages pour David. C'était comme si tous ces gens s'étaient lancés dans un pèlerinage, hommes, femmes et enfants en marche vers la mer. Cela lui rappelait les croisés dont il avait entendu parler, en route vers Jérusalem. Il se gratta la tête et se retourna vers ses hommes. Au bout d'un moment, ils rencontrèrent un moine itinérant, allant aussi dans la même direction. Keane poussa sa monture pour lui demander où il se rendait.

— À Rònaigh ! répondit l'homme. Pour bénir la jeune promise, la princesse.

Keane fronça les sourcils et poursuivit sa route en silence, à la hauteur de l'homme, essayant de déterminer à qui il pouvait bien faire référence. À la connaissance de Keane, le roi David n'avait pas de filles légitimes, et seulement un jeune fils. Il finit par lui demander :

— Quelle princesse ?

— Une descendante des fils de Cruithne.

Keane regarda le prêtre de travers. Il avait probablement l'esprit dérangé. Cruithne, le roi des Pictes, était mort depuis très longtemps. C'était un parent de Keane, fort éloigné. Mais Kenneth MacAlpin, en son temps, avait tué les sept seigneurs pictes. Le chef dún Scoti avait réussi à échapper au massacre uniquement parce que le peuple de Keane s'était enfui vers la vallée, envoyé là-bas pour garder la véritable pierre du destin. Et c'était l'exemple de MacAlpin que Padruig avait voulu suivre le jour où il avait pénétré dans leur vallée, vingt-trois ans auparavant, pour assassiner leur père. Cependant, contrairement aux familles de ces seigneurs pictes exterminés, Padruig avait épargné les fils et les filles des gardiens. Par conséquent, en vérité, il ne restait que deux filles non mariées de la lignée de Cruithne, ses sœurs Cailin et Sorcha. Mais *personne* ne savait cela. De plus, épouser un laird étranger était bien la dernière chose que Sorcha serait encline à faire.

— Mon bon frère, reprit Keane, Cruithne est mort il y a plus de trois siècles. Toute sa lignée a disparu.

— Pas d'après ce que j'ai entendu dire, rétorqua le prêtre, enthousiaste à l'idée de rencontrer une fille longtemps perdue du dernier roi picte. La prophétie est accomplie !

— Quelle prophétie ? demanda Keane en fronçant les sourcils.

— Mon seigneur, dit-il avec un accent plus normand que scot – ce qui amena Keane à ne pas tenir compte de son histoire avant même de l'avoir entendue –, on a longtemps cru que le jour où l'étoile du destin reviendrait, la maison de Conn épouserait une fille de Cruithne, et que de cette union naîtrait un nouveau clan, Chattan, dont les fils et les filles apporteraient finalement la paix à nos terres.

La paix ? Dans ces Highlands ? Où un laird avait peu de raisons de faire confiance à un autre ? En vérité, ils rivalisaient tous entre eux pour gagner la faveur du roi David. Et ceux qui ne le faisaient pas attendaient secrètement un sauveur. *Sœur contre frère, frère contre père, père contre mère.* La paix n'était pas un luxe sur lequel il fallait compter.

Néanmoins, on pouvait toujours espérer.

Keane trotta au côté de l'homme et examina son habit.

— Vous portez le vêtement du Christ. Voulez-vous donc bénir une épouse païenne contre le souhait de votre roi ?

Il était bien connu que le roi David avait rejoint l'Église d'Angleterre. Il n'était plus acceptable d'adorer les dieux d'autrefois, et pourtant...

Le prêtre se mit à rire.

— Mon fils, bien avant le Christ, il y avait la Cailleach. La sagesse consiste à aimer les deux.

— Je vois, répondit Keane, sans rien voir du tout.

Il avait néanmoins une étrange sensation en son for intérieur. Il leva les yeux vers cette curieuse étoile, remercia l'homme et continua de chevaucher près de lui un peu plus longtemps, jusqu'au moment où il rencontra un autre voyageur, portant un sac.

— Pardon, monsieur. Pouvez-vous me dire où vous allez ?

— À Rònaigh, mon seigneur ! répondit l'homme, les yeux scintillants.

— Pour bénir la nouvelle princesse ?

Le voyageur opina de la tête, sa longue barbe blanche attachée sous le menton. Il leva son sac.

— J'apporte de bonnes nouvelles et des cadeaux pour honorer la jeune fille d'Inbhir Nis.

Keane fronça les sourcils. Sorcha n'avait pas été élevée à Inbhir Nis, mais dans la Mounth. Mais elle avait dû passer par Inbhir Nis...

— À Rònaigh ?

— Oui, mon seigneur ! s'écria l'homme.

— Et vous vous y rendez pour vous en assurer ?

— Je suis l'étoile, mon seigneur ! reprit-il avec enthousiasme, en pointant du doigt vers les nuages s'accumulant au-dessus de leurs têtes.

Mais même avec la promesse d'une intempérie, l'étoile était parfaitement visible.

Keane remercia l'homme et poursuivit son chemin. On disait que, pour la plupart, ces apparitions étaient de mauvais présages. Pourtant, il avait entendu parler d'une autre étoile qui s'était jadis étirée sur un tiers du ciel. Elle avait conduit le Conquérant à travers la mer étroite vers sa victoire légendaire sur l'Angleterre. Cette étoile était tout aussi magnifique et si brillante qu'on pouvait la voir de jour.

C'était impossible que Sorcha ne l'ait pas remarquée. S'était-elle jointe à ces gens au cours de leur pérégrination ? C'était possible, mais ce n'était sans doute pas ce qui l'avait poussée à abandonner leur vallée. C'étaient leurs mensonges qui l'avaient chassée.

Plus loin sur la route, Keane trotta au côté d'une jeune femme voyageant avec deux garçons. Elle prit un des enfants par la main, lançant un regard méfiant vers Keane.

— Rònaigh ? demanda-t-il.

— Oui, monsieur, dit la femme en opinant de la tête.

— Pour faire la connaissance de la nouvelle princesse ?

— Oui, monsieur. On dit que la Cailleach l'a envoyée pour guérir le laird de Dunrònaigh.

— Le guérir de quoi, je vous prie ?

— De la cécité, monsieur, répondit-elle avant de montrer la main de son enfant à Keane. Mon gentil petit garçon a besoin d'une bénédiction, alors il faut qu'on se dépêche avant que l'étoile disparaisse.

— Je vois, fit Keane, en regardant l'étoile à longue queue.

Aucune de ces histoires n'était plausible, cependant...

— Est-ce que vous savez par hasard à quoi ressemble cette princesse ?

La femme lui adressa un sourire bienveillant.

— La plus jolie fille qui ait jamais vécu. On raconte qu'elle a ensorcelé les Hommes Bleus en traversant le Minch sur sa licorne d'un blanc immaculé et qu'ils l'ont déposée à terre dans une marée de brumes.

Sorcha montait en effet une jument blanche, car ils n'avaient que des chevaux blancs dans la vallée. En vérité, on n'aurait rien donné de moins prestigieux qu'une jument blanche à une gardienne. Celle de Sorcha était la sœur de Beithir, son propre étalon bienaimé. Keane se demandait s'il pouvait s'agir de sa sœur. La description, bien que très fantaisiste, lui correspondait néanmoins. Il remercia la femme et décida qu'il ferait mieux de trouver Aidan et de lui transmettre ce qu'il avait découvert. S'il y avait une part de vérité derrière les histoires qu'il entendait, leur sœur s'apprêtait à épouser un aveugle de Rònaigh.

— Vers Aidan ! commanda-t-il à ses hommes.

Et ils firent aussitôt demi-tour vers le sud.

&a.

— ALORS, vous me dites que je ne suis pas votre prisonnière ?

— Non.

— Mais je ne peux pas partir ?

— Non.

Sorcha étudia l'homme qu'elle connaissait seulement sous le nom d'Alec, révoltée par ses paroles. Et plus encore par le fait qu'il l'ait dupée et droguée pour arriver à ses fins. Des hommes devenaient aveugles tous les jours. Des femmes aussi. Ce n'était pas une raison suffisante pour kidnapper une étrangère. La femme de son frère était elle-même devenue aveugle, et personne à Dubhtolargg n'avait enlevé une guérisseuse.

Bien sûr, ils étaient plus que bien lotis, avec Lìli, Sorcha et Una. Et même après le départ d'Una, elle et Lìli étaient toutes deux plutôt compétentes.

Sorcha essaya de comprendre ce que l'homme lui avait dit. D'après son histoire, une certaine femme du nom de Biera était venue leur rendre visite un mois plus tôt et ce qu'elle leur avait raconté les avait envoyés à la recherche de Sorcha.

Cette vieille femme pouvait-elle être Una ?

Une partie de Sorcha voulait désespérément croire que c'était vrai, tandis qu'une autre avait commencé à soupçonner que son périple n'était qu'une quête insensée, une tentative désespérée de revenir en arrière.

En vérité, elle ne savait pas comment vivre sans

Una. Elle n'avait jamais connu d'autre mère. Mais que ferait-elle maintenant si elle la trouvait ? *Allait-elle s'emporter ? Se répandre en injures pour tous les mensonges et la tromperie ?* Non, elle serrerait chaleureusement la femme dans ses bras et la prierait de ne pas partir. La terrible vérité était que Sorcha se sentait seule. Depuis longtemps. La seule chose qui l'avait aidée à aller de l'avant ces longs jours passés avait été l'espoir qu'Una était encore en vie... *là-bas... quelque part...*

En train de boire l'eau des fées sur l'île de Skye ?

Cependant, à bien y réfléchir, l'idée sembla absurde à Sorcha. Et pourtant...

Elle poussa une épaisse tranche de pain d'orge sur son assiette. La femme du nom de Bess était assise à la regarder manger. Au bout d'un moment, elle vint vers elle et secoua légèrement l'assiette de Sorcha.

— Vous ne mangez pas, mademoiselle ? lui demanda-t-elle. Je croyais vous avoir entendue dire que vous mouriez de faim.

Eh bien... oui, quelques minutes plus tôt. Mais plus maintenant. Ce pain d'orge était horrible. Les nouvelles étaient pires. Heureusement, ils lui avaient donné un bol de bouillon. Elle l'avait fini avant même qu'Alec ne s'aventure dans la cuisine. Si on la forçait à manger ce pain tous les jours, elle pleurerait au point de remplir la mer de ses larmes. Sorcha soupçonnait que l'orge utilisée était rance, mais ce n'était pas le seul problème avec ce bloc de pierre. En vérité, elle aurait pu y graver une plaque : ci-gît Sorcha dún Scoti, terrassée par une tranche de pain moisie. C'était pire que l'*uisge* rapportée de Chreagach Mhor, et bien pire encore que le haggis de sa sœur Cailin.

Au moins, ils n'avaient pas l'intention de la garder longtemps...

De plus, c'était peut-être une noble cause.

— Je suis désolée, déclara Sorcha. Mais apparemment, j'ai perdu l'appétit, expliqua-t-elle en regardant de nouveau Alec. Alors, vous voulez dire que je ne peux aller nulle part avant le premier mai, et qu'en plus, je dois prendre soin de votre seigneur ?

— C'est exact.

— Hmm...

Consciente que Bess l'examinait attentivement, Sorcha saisit la tranche de pain offensante, la fourra dans sa bouche et la mâchonna avec difficulté. Le pain était amer et dur. Elle dut se servir de ses canines pour mordre dedans. Pendant ce temps, Bess continuait de l'observer, dans l'expectative. Sorcha ne voulait pas lui faire de peine. Elle avait l'air si douce. Ce n'était certainement pas de *sa* faute. C'était Alec qui l'avait droguée et fait dévier de sa destination. Sorcha finit par arracher une bouchée de pain, puis elle reposa la tranche sur l'assiette, en adressant un petit sourire à Bess.

Sorcha était bien sûr tout à fait dans son droit de refuser de les aider. Mais de même qu'elle n'avait pas le cœur à refuser le pain de la femme, elle ne pouvait pas non plus tourner le dos à un peuple dans le besoin. En tout cas, cela ne profiterait à personne, encore moins à elle-même.

— Vous n'aviez pas besoin de me *droguer*, dit-elle sur un ton plaintif.

— Je suis désolé, mademoiselle. On ne savait pas comment faire. Biera a dit que vous ne vous laisseriez pas facilement convaincre.

Sorcha souleva un sourcil.

— En vérité, monsieur, vous auriez pu tout simplement me *demander*. De toute façon, je ne connais pas cette Biera et elle ne peut pas me connaître. Par conséquent, je suis toujours d'avis que vous vous êtes trompé de personne.

Alec et Bess semblaient peu enclins à la croire. Ils échangeaient des regards du coin de l'œil, comme s'ils savaient quelque chose qu'ils refusaient de partager avec elle.

Alec la regarda d'un air interrogateur.

— Vous me dites que vous auriez accepté de nous aider ?

Si on lui avait laissé le choix, Sorcha aurait en effet pu accepter. Mais pas avant la veille du premier mai. Là n'était d'ailleurs pas la question. Elle essaya d'expliquer :

— Monsieur, je *dois* me rendre sur l'île de Skye avant la fête de Beltane.

Après, Una sera partie. Le grimoire précisait claire-ment que la Cailleach *devait* boire *avant* Beltane. Cela impliquait qu'elle ne resterait pas après, car sa « sœur », Brigit, était la patronne des créatures et des cultures. Elle aurait beaucoup à faire après la trans-formation.

— Vous ne pouvez pas comprendre, monsieur. Mais c'est de la plus haute importance que je parte *tout de suite*.

Alec la regarda avec sympathie.

— *Tha mi duilich.* Je suis désolé. Personne sur cette île ne vous emmènera, mademoiselle, et à moins que des ailes ou des nageoires ne vous poussent, vous ne pourrez pas partir seule.

Bess semblait plutôt contrite, bien qu'elle ait tou-jours le regard fixé sur l'assiette de Sorcha. Celle-ci commençait à avoir mal au ventre. Alec prétendait être désolé. *Pouah !* La belle affaire pour elle maintenant ! Sorcha *savait* nager, elle avait vécu dans une maison sur un loch après tout, mais elle n'avait aucune idée de la distance qui la séparait de l'île de Skye. Et la mer n'était pas aussi bienveillante que leur loch. Du haut de la si haute tour, elle n'avait vu que la mer écumante, aucune terre.

— Cependant, reprit-il, comme s'il était prêt à négocier avec elle, *si* vous souhaitez partir après la fête du premier mai, je vous emmènerai où vous voudrez.

— Où je veux ?

— Oui.

— Mais vous dites *si* ? reprit Sorcha en levant les sourcils.

— En effet, *si*, confirma-t-il en opinant de la tête.

Il échangea une fois de plus un regard entendu avec Bess, comme s'ils savaient quelque chose que Sorcha ignorait.

— Eh bien, monsieur, je peux vous assurer que, *oui*, je voudrai partir, bien volontiers ! Et, comme elle n'avait visiblement pas le choix dans cette affaire, elle finit par céder. Alors, votre laird… c'est cet homme que j'ai rencontré là-haut ?

— Oui, mademoiselle.

— Quel triste lourdaud ! lança Sorcha d'un air dépité.

En fait, de toute sa vie, elle n'avait jamais rencontré un homme aussi beau qui ait si clairement perdu sa volonté de vivre.

— C'est précisément pour cela que nous avons besoin de vous.

Sorcha poussa un soupir. Son cœur tendre allait peut-être en vérité causer sa perte, mais la pensée de ce pauvre homme allongé, tourné contre le mur, dos à la porte et les épaules tremblant légèrement, lui serrait le cœur. C'était sans aucun doute une tragédie. Aussi furieuse soit-elle contre ses frères et sœurs, elle mourrait cent mille morts si jamais elle blessait l'un d'entre eux, à plus forte raison si elle leur coupait la tête.

Mais c'était étrange, car ils ne pouvaient pas savoir que Sorcha était expérimentée dans ce type d'affection… *à moins que*… Sa belle-sœur était elle aussi aveugle. Constance avait été traumatisée par l'effondrement de leur montagne, l'accident qui avait soi-disant coûté la vie à Una. Mais Constance était *toujours* aveugle. Ni Sorcha ni Lìli n'avaient réussi à la guérir. Elles avaient essayé toutes les potions de leur répertoire : teintures, élixirs, sels et autres. En fin de compte, elles avaient simplement commencé à lui enseigner que sa cécité ne mettait pas fin à sa vie et qu'elle pouvait offrir beaucoup plus que ce que ses yeux seuls pouvaient lui permettre de faire.

— Ma bonne demoiselle, nous vous implorons... *s'il vous plaît*. Si vous avez la gentillesse de venir en aide à notre laird, nous vous accorderons une large récompense pour votre effort.

— Mais tout ce que je veux, c'est un bateau pour m'emmener sur l'île de Skye. *Et* mon cheval puisque... vous n'avez *pas* tenu parole, ajouta-t-elle en jetant un coup d'œil sinistre à Alec. Admettons que j'accepte et que votre laird recouvre la vue *avant* la veille du premier mai, est-ce que je serai alors libre de m'en aller ?

Alec et Bess échangèrent un regard. Ils n'osaient pas se tourner vers Sorcha. Finalement, après un long moment, Alec céda :

— Bon, d'accord. Guérissez notre laird et vous pourrez partir.

CHAPITRE 7

Dans une modeste auberge le long d'un chemin royal, une petite femme était assise. Elle portait un bandeau sale sur un œil et ses cheveux blancs étaient aussi emmêlés qu'un nid d'oiseau. Elle semblait passer un moment agréable, attendant quelque chose en buvant lentement une chope de bière. Un courant d'air frais s'engouffra dans la salle lorsque la porte s'ouvrit. Elle se redressa. Six hommes en livrée entrèrent d'un pas nonchalant, portant l'emblème de leur maison : deux corbeaux noirs identiques battant leurs ailes contre une épée posée entre eux. C'étaient les sbires de Padruig Caimbeul. La plupart du temps, s'ils étaient à la recherche d'un individu, c'était de mauvais augure. L'aubergiste eut un mouvement de recul à la vue de ces hommes, mais la vieille femme les regarda, les yeux brillants. Ils ne l'intimidèrent pas non plus quand ils fanfaronnèrent autour des tables, poussant les clients honnêtes à s'enfuir, apeurés.

— Avez-vous vu une fille voyageant seule ? Aux cheveux noirs ? Du nom de Sorcha ? demandèrent-ils.

— Non, répondit un homme, effrayé. Je n'ai vu personne, je le jure ! insista-t-il en rassemblant ses effets personnels et en jetant un coup d'œil prudent à l'aubergiste impuissant.

— Moi non plus, lança un autre, se préparant également à partir.

C'était très rare de trouver des femmes seules dans un tel établissement, à moins qu'il ne s'agisse de prostituées. Pourtant, la vieille chouette restait assise, nullement affolée, sans crainte d'être prise pour une femme de mauvaise vie. Pour certains hommes, même une vieille sans dents était parfaitement acceptable lorsque leur membre menaçait de devenir bleu. Un des hommes en livrée vint s'asseoir à côté d'elle.

— Avez-vous vu par hasard la fille qu'on recherche ?

La vieille sourit, laissant voir ses dents parfaites et blanches.

— Celle qui s'appelle Sorcha ?

— Oui, madame.

— Non, répondit-elle en secouant sa tête grisonnante. Mais j'ai entendu parler d'elle, ajouta-t-elle au moment où l'homme allait se relever de sa chaise.

L'homme de Padruig se rassit, la regardant de travers.

— Et qu'est-ce que vous avez entendu dire ?

— J'ai entendu dire qu'elle est en route vers le berceau de nos ancêtres, annonça-t-elle, sur un ton mêlé d'admiration.

Elle n'avait pas fini, mais l'homme l'interrompit, les sourcils froncés.

— Qu'est-ce que c'est que ces balivernes ?

— Ah ! Vous êtes un brave homme, déclara la vieille femme. Je le vois dans votre regard. Avisé, aussi.

Radouci, il la laissa continuer :

— Alors, vous devez savoir que c'est dans la roche de la grotte du Géant située sur l'île de Rònaigh qu'on a taillé cette pierre de Scone. Vous savez de quoi je parle, n'est-ce pas ?

— Bien sûr, répondit l'homme en se redressant. *An Lia Fàil.*

— C'est bien ça !

— Le roi David lui-même a été couronné dessus.

La femme opina de la tête.

— C'est ce qu'on dit. Certains affirment que Conn aux Cent Batailles a lui aussi été couronné là, ajouta-t-elle en tendant la main vers son long bâton noueux sous la table. Mais que sais-je ? Je ne suis qu'une vieille femme.

L'homme souleva un sourcil.

— Vous semblez en savoir long.

Plutôt que de la réprimander pour ses divagations, il choisit de lui rendre la politesse et de la flatter, dans l'espoir d'obtenir plus d'informations.

— Vous devez être une femme très importante pour savoir tant de choses. Dites-moi, qu'avez-vous entendu d'autre ?

La vieille femme serra son long bâton de ses doigts tordus.

— Oh... rien de plus.

Jurant dans sa barbe, le soldat se prépara de nouveau à se relever lorsque la femme l'arrêta une fois de plus.

— Juste que...

Dissimulant son mécontentement, l'homme de Padruig se rassit. La femme continua, semblant ignorer sa mauvaise humeur grandissante.

— Elle est partie épouser ce laird aveugle, d'après ce que j'ai entendu.

— Un laird aveugle ?

— Celui de Rònaigh.

— Rònaigh ?

— C'est ce qu'on raconte.

Elle examina son verre presque vide avec envie, sans s'en cacher.

— Aubergiste ! cria-t-il en levant la main. Une autre bière pour cette brave dame !

— Merci, dit-elle doucement en portant la main à sa poitrine, l'air satisfaite. Un petit coup à boire, ça fait toujours du bien.

— Et vous en avez bu plus d'un, vu votre allure, lança le soldat. Alors, madame, que savez-vous d'autre ?

— Eh bien, dit-elle, le laird de Dunrònaigh, un Mac Swein je crois, serait l'héritier légitime de Conn Cétchathach.

L'aubergiste plaça une chope devant elle. La femme s'interrompit pour avaler une longue gorgée, le faisant attendre. Une fois qu'elle eut fini, elle s'essuya la bouche du revers de sa manche et rota.

— Quoi qu'il en soit, j'ai entendu dire que l'étoile du destin a annoncé l'avènement de la dynastie de Conn.

— L'étoile du destin ?

— Oui, vous l'avez vue, expliqua-t-elle en pointant du doigt vers la porte. Il y a un vieux chant qui commence comme ça : « Sur le Minch s'élève l'étoile du destin au-dessus de l'écume… »

L'homme se leva de sa chaise.

— La peste t'emporte, vieille sorcière ! Je n'ai pas de temps à perdre à écouter des sornettes. Si tu n'as rien d'autre à nous dire, nous partons sur-le-champ.

La vieille femme sembla déçue. Son visage s'allongea.

— Eh bien, dit-elle, partez si vous voulez, mais assurez-vous de suivre cette étoile. Et vous verrez, fit-elle, vous verrez. Oh, et n'oubliez pas de présenter un cadeau à la jeune mariée.

— Le diable t'emporte, la vieille ! J'en ai assez entendu, s'exclama l'homme en donnant un coup de poing sur la table.

Puis il se leva sans lui dire au revoir. Au grand soulagement de l'aubergiste, l'homme rassembla ses hommes et sortit sans causer de dégâts, hormis le départ de quelques bons clients. L'aubergiste jura vertement, mais la femme sourit et finit sa chope avant de la reposer sur la table. Puis elle récupéra son long bâton sous la table et prit congé, suivant les hommes de Caimbeul tout en fredonnant :

« Sur le Minch s'élève l'étoile du destin au-dessus de l'écume,

Guidant une jeune fille au cœur pur à travers la brume.

Avec ses longs cheveux soyeux et son teint si clair,

Elle attirera un lion hors de son repaire. »

Après avoir pris en compte le désespoir de ces gens de venir en aide à leur seigneur, Sorcha était beaucoup plus encline à leur pardonner. C'était une de ses faiblesses, elle le savait. Son frère Keane l'avait souvent prévenue.

— Sorcha, lui avait-il dit, ton cœur tendre causera ta perte.

Et elle s'était retrouvée là, à dépérir sur une petite île isolée aux confins de la mer du Nord, alors qu'Una était ailleurs, très loin. Néanmoins, c'était bon d'avoir une distraction pour le moment. Maintenant que Sorcha avait quelque chose « d'autre » sur quoi se concentrer, elle réalisait à quel point sa fureur l'avait fragilisée. Elle ne voulait pas vraiment détester ses proches. Elle ne voulait pas être en colère contre Aidan, ni contre qui que ce soit. En vérité, elle ne pouvait pas changer le fait qu'elle était la fille d'un démon. Mais elle n'était pas forcée d'en être un elle-même. Comment pourrait-elle dire non à des gens dans le besoin ?

Déterminée à tirer le meilleur parti de la situation et à s'en aller dès que possible, elle se dirigea vers les écuries pour rendre visite à Liusaidh. Personne ne l'arrêta lorsqu'elle sortit de la cuisine. On ne l'ignorait pas non plus. Ils la saluèrent avec de grands gestes et force sourires comme s'ils la connaissaient depuis toujours.

Sorcha était manifestement libre d'aller et venir à son gré. D'après Alec et Bess, on lui donnerait tout ce dont elle avait besoin. N'importe quoi. Il lui suffisait de demander.

Pour le moment, elle voulait seulement voir sa chère jument. Elle n'eut pas besoin de la chercher longtemps. Elle trouva Liusaidh enfermée dans une étable obscure à mastiquer du vieux foin, entourée d'enfants curieux qui aventuraient leurs petits doigts dans la stalle. Dès qu'ils aperçurent Sorcha, ils se reculèrent pour la laisser passer.

— J'avais jamais vu un cheval de fée, dit une petite fille.

Sorcha sourit et lui caressa la tête.

— Ce n'est pas un cheval de fée, ma chérie. C'est une race élevée par des gardiens.

— Ma maman, elle dit que c'est un cheval de fée, et je *dois* la croire.

— Vraiment ?

— Oui.

Inutile de contredire une enfant. Si ce petit ange aux joues rondes avait envie de croire que Liusaidh était un cheval de fée, soit.

Amusée, Sorcha entra dans la stalle et referma la porte derrière elle. Elle caressa la joue de Liusaidh et lui chuchota doucement à l'oreille :

— Ne t'inquiète pas, ma belle. On va bientôt repartir.

Guère plus de quinze jours, si Sorcha comptait bien. Ils étaient déjà en train de préparer le festival qui signalerait la fin de sa peine de prison. Néanmoins, Liusaidh n'avait pas besoin de passer ses journées enfermée dans une stalle minuscule. Dans la vallée, ils ne gardaient pas leurs chevaux enclos dans de sombres écuries. Dès qu'elle le pourrait, Sorcha avait l'intention de laisser son cheval gambader librement. Liusaidh était beaucoup plus habituée à parcourir les champs.

Malheureusement, dans la stalle voisine se tenait un cheval à l'humeur aussi noire que son poil. Comme c'était le seul cheval de l'écurie, Sorcha était sûre qu'il appartenait au laird. La tête baissée, le vieil étalon semblait un peu déprimé. Comme son maître. Peut-être aimerait-il aussi s'ébattre dans les champs avec Liusaidh ? Elle était certaine que son maître ne lui avait pas rendu visite depuis bien trop longtemps.

— Il s'appelle comment ce cheval ? demanda Sorcha aux enfants.

— Diabhal, répondit un garçon plus âgé.

— C'est le cheval de Caden, dit une fillette. Vous allez le rétablir ?

— Le cheval ?

— Non ! s'écrièrent les enfants en éclatant de rire.

— Elle voulait dire notre laird, expliqua le garçon.

Sorcha se tourna vers le groupe disparate d'enfants. Le visage sale et le nez rose, ils attendaient tous impatiemment sa réponse.

Elle allait sans aucun doute *essayer* de rétablir Caden, mais elle ne pouvait rien promettre. Ils la regardaient cependant avec tant d'espoir que Sorcha n'osa pas les décevoir.

— Oui, je vais le rétablir, dit-elle, priant qu'il en soit ainsi.

Un garçon s'avança, une fleur jaune écrasée dans la main. Il la lui tendit par-dessus la porte de la stalle.

— Tenez, dit-il, c'est pour vous.

— *Tapadh leat*, dit Sorcha. Merci beaucoup.

— La vieille Biera nous a dit de vous la donner, expliqua le garçon. Elle a dit que vous sauriez quoi en faire.

— Vraiment, elle a dit ça ? demanda Sorcha en inspectant la fleur écrasée.

C'était une fleur de *ruagaire deamhan*, le chasse-diable, une plante judicieusement nommée, car elle chassait les mauvais esprits, ceux en liberté et ceux emprisonnés dans un corps. Sa floraison était abondante autour du solstice d'été. Les fleurs écrasées puis trempées dans l'huile produisaient une teinture rouge sang. On s'en servait pour stopper les hémorragies, pour panser des blessures ou comme antidote au poison. En usage interne, après avoir été macérées dans de l'eau purifiée, elles avaient un effet calmant sur le corps et l'esprit. Una, ayant un faible pour leurs vertus thérapeutiques, lui avait fait découvrir ces fleurs. Un jour, quand Sorcha avait dix ans, Una l'avait emmenée dans la vallée des Fées, près de Dubhtolargg, et lui avait montré comment les cueillir et les préparer.

Hmm.... Plus Sorcha entendait parler de cette vieille Biera, plus elle soupçonnait qu'il s'agissait d'Una, sous un autre nom. Cependant, plutôt que de couvrir ses traces, son mentor semblait lui laisser des indices.

— Tu peux me montrer où pousse cette fleur ? demanda Sorcha au garçon.

Il acquiesça de la tête. Sorcha sortit de la stalle et le prit par la main.

— Tu veux bien me montrer maintenant ?

— Je veux le faire, répondit une petite fille. Moi !

— Moi aussi ! s'écria un autre enfant.

Ils rivalisaient tous pour tenir la main libre de Sorcha. Lorsqu'elle quitta les écuries, elle tenait deux enfants par la main et une demi-douzaine d'autres la suivaient, accrochés à sa robe.

CHAPITRE 8

Avec seulement une poignée de guerriers pour défendre le donjon, et surtout des femmes et des enfants, le village de Rònaigh avait survécu à l'hiver dans l'appréhension.

En dernier recours, ils pourraient faire rentrer tout le monde à l'intérieur des murs, mettre le feu aux douves et profiter du moment de chaos pour évacuer le village par les tunnels sous la grande salle. Construits plus de cinq siècles auparavant, ces tunnels menaient jusqu'à la crique où était amarrée leur flotte. Ce ne serait pas facile de s'échapper, car certains tunnels étaient étroits et raides. Mais une fois arrivés à la crique, si le temps le permettait, ayant accès aux bateaux, ils pourraient s'enfuir de l'île. Trois knarrs suffiraient pour évacuer tout leur village. Néanmoins, appareiller était une entreprise délicate. Il n'y avait pas de port sûr à Rònaigh, juste un bout de plage dont se servaient essentiellement des MacLeod obstinés. Il fallait des marins qualifiés pour naviguer dans les eaux environnantes, et encore plus de compétences pour aborder l'unique entrée rocheuse de la crique qui protégeait leurs embarcations. Pendant des siècles, leur position les avait largement avantagés, car il fallait des âmes courageuses pour s'aventurer si loin au nord, et encore plus pour s'installer à Rònaigh et y rester. Au cœur de l'hiver, la mer du Nord était un ennemi mortel.

Mais à présent, moins d'un mois avant la fête de Beltane, il faisait chaud pour la saison. Si la prophétie de la sainte femme était avérée, ils étaient maintenant à l'heure de leur plus grande vulnérabilité. Mais ils attendaient avec joie la célébration à venir. Tant qu'ils respireraient, ce jour ne passerait pas sans qu'ils ne rendent hommage à la miséricorde de la Cailleach et à la générosité sans limites de Brighde. Même si Rònaigh était une amie inconstante en hiver, l'été venu, une merveilleuse abondance leur était garantie.

Si haut au-dessus de la mer glaciale, l'herbe était toujours verdoyante et remplie de toutes sortes de semences. Ils devaient certes faire venir par bateau tout leur bétail, mais la mer était généreuse à l'excès, leur fournissant poissons et crustacés, en quantité plus que suffisante pour nourrir le village ainsi qu'une population croissante de phoques. La grotte du Géant foisonnait de denrées comestibles. Si les étrangers craignaient d'y pénétrer, leurs enfants y pêchaient et y chassaient le crabe.

Dans l'ensemble, c'était une terre qui valait la peine d'être défendue...

Et pourtant, Biera avait dit que ce serait *elle* qui les conduirait ailleurs, cette fille aux cheveux longs et soyeux qui marchait maintenant main dans la main avec leurs enfants, nettement plus nombreux que les adultes. Tout le village devrait participer pour les élever. Néanmoins, à moins que Sorcha n'accomplisse la prophétie de la voyante, leur temps sur cette terre serait limité. Tout dépendait de l'influence qu'elle aurait sur Caden. Et davantage encore de la capacité de Caden à enterrer sa fierté. Le moment venu, bientôt... Bessie souhaitait de tout cœur que Sorcha l'emporte.

Elle savait très bien qu'Alec n'avait pris aucun plaisir au rapt d'une innocente, surtout après l'épreuve avec le vieux MacLeod, mais *tous* leurs espoirs reposaient sur les épaules de Sorcha.

Jouissant d'un moment volé ensemble, les deux fidèles serviteurs regardaient par la fenêtre. Sorcha gravissait la colline avec les enfants. Sous la lumière brillante du jour et cette étrange étoile lumineuse, elle semblait divine dans la robe que Bess lui avait donnée, la robe de mariée qui avait jadis appartenu à la mère de Caden. La robe lui balayait les chevilles, car Sorcha était encore plus grande que Mary Mac Swein.

— Tu crois qu'elle va y arriver ?

Biera avait semblé tellement certaine, mais Alec avait l'air inquiet. Il haussa les épaules.

— Elle n'a pas aimé mon pain, soupira Bess. Personne n'aime mon pain.

Alec se tourna vers elle.

— Mais non, ma belle, c'est juste qu'elle était abattue par les nouvelles. Ne t'en fais pas, moi j'aime...

Il s'arrêta brusquement.

— ... ton pain, ajouta-t-il enfin. J'aime ton pain, ma chère Bessie. Je l'aime tellement que ça me fait mal.

Seule et sans enfants depuis la mort de son mari, Bessie voulait toujours faire plaisir. Elle avait fait ce qu'elle avait pu pour remplacer le vieux cuisinier et souhaitait désespérément conquérir le cœur d'Alec.

— En veux-tu maintenant ? J'ai trois miches de reste.

— Euh, oui... dit-il en souriant maladroitement, mais gardant la main de Bessie dans la sienne.

Il se tourna de nouveau vers la fenêtre.

Bessie osait espérer qu'il lui retourne son affection. Elle posa audacieusement sa tête contre son épaule, tandis qu'ils regardaient les enfants conduire Sorcha au sommet de la colline, là où tant d'habitants de Rònaigh avaient trouvé la mort ce terrible jour de novembre. Comme c'est curieux, se dit-elle, toutes ces petites fleurs jaunes étaient apparues exactement là où tant de sang de Rònaigh avait été versé.

— Comment a-t-elle appelé cette fleur ?

— L'herbe de la Saint-Jean, en lien avec la décollation de saint Jean le Baptiste.

— C'est qui saint Jean, et c'est quoi un baptiste ?

— Je ne sais pas, Bessie. Mais ça devait être quelqu'un d'important.

— Ah, alors on devra demander au prêtre quand il reviendra. Mais je crains que ce ne soit pas de sitôt, après que Caden ait menacé de le pendre par la langue pour lui avoir dit que sa cécité était une malédiction de Dieu.

De nombreux prêtres venaient régulièrement à Rònaigh, principalement pour visiter le sanctuaire de saint Ronan. *Tous* les hommes et les femmes saints étaient les bienvenus sur leur île. Beaucoup croyaient qu'elle représentait le berceau de la vie, car c'était là que le Dieu chrétien avait rencontré l'Église d'Irlande, ainsi que la foi et la fureur des hommes du Nord.

Sur le côté nord de leur île se trouvait un cercle druidique, un site sacré où ils célébraient le festival annuel du premier mai. Et encore plus au nord, à l'extrémité opposée du sommet, gisaient les ruines d'une ancienne église construite par saint Ronan, un moine qui avait eu la sagesse de reconnaître la divinité de Rònaigh. De mémoire d'homme, ces lieux et ces histoires sacrés avaient fait partie de leur vie. La sainte femme avait affirmé qu'ils étaient un peuple élu.

— Mais c'est curieux, dit Alec. Tu ne trouves pas ? Une fleur nommée d'après un saint décapité, à présent supposée guérir le cœur d'un homme qui a coupé la tête de son frère ?

— Et si elle se trompait... ?

Alec se tourna et prit Bess dans ses bras.

— Ah, ma douce. Si elle se trompe, Rònaigh est perdue.

Pendant un long moment, ils restèrent tous deux immobiles, sans même cligner des yeux. Puis Bessie osa se blottir davantage dans les bras d'Alec.

— Prie, alors. Prie pour que la fille réussisse, l'implora-t-elle en levant ses yeux bruns tristes vers lui.

— Bessie... je... je dois te dire quelque chose...

— Quoi ? demanda-t-elle, suppliant intérieurement qu'il s'agisse des mots qu'elle désirait tant entendre. Son cœur s'accéléra.

Mais soudain, la voix de Caden rugit et résonna dans tout le donjon.

— Oh, mon Dieu ! s'écria Bess.

Alec la serra une dernière fois contre lui avant de se précipiter.

❧

CADEN NE POUVAIT PLUS VOIR les fissures de son plafond, mais il entendait bien le vent hurler à travers. Ses yeux semblaient s'être étiolés, mais son ouïe était de plus en plus aiguisée.

Peu après avoir perdu la vue, il avait ordonné qu'on ôte tout de sa chambre. Tout. Toutes ses armes, tous ses biens, même le brasier censé lui tenir chaud. Il était fatigué de trébucher sur ses malles et de se brûler le derrière. Seuls restaient le lit et une chaise. S'il tremblait de froid au milieu de la nuit, c'était une juste pénitence pour tout ce qu'il avait fait.

À ce stade, il devait accepter son châtiment avec autant de grâce que possible. Il devait aussi accepter la vérité : Rònaigh était perdue.

Néanmoins, pour la première fois depuis tant de mois, il souhaitait être ailleurs que là où il était. Se sentant agité, nu comme un ver, il bondit hors du lit et se dirigea instinctivement vers la fenêtre, laissant la lumière du soleil lui réchauffer le visage.

Ah... depuis combien de temps s'était-il refusé un plaisir aussi simple ?

Il avait vécu dans le froid, la solitude et l'obscurité depuis la mort de son frère. Mais pendant un bref instant durant leur conversation, cette jeune fille espiègle avait apporté un rayon de soleil dans son univers. Maintenant, plutôt que de se noyer dans l'alcool, il se surprit à attendre son retour...

Mais allait-elle revenir ? Si elle faisait appel aux bons sentiments d'Alec et le persuadait de l'emmener où elle voulait se rendre ? Et si elle ne revenait jamais ?

Il mourait d'envie de savoir qui elle était. Mais même s'il était prêt à braver les escaliers, tous ses vêtements étaient entreposés dans l'antichambre, à pourrir dans ses malles. Ses yeux étant ce qu'ils étaient, il pourrait se retrouver avec une robe de sa mère sur le dos. Alec avait raison : il était trop fier pour demander qu'on l'aide.

Ses pensées retournèrent à la jeune fille qu'il avait découverte dans son lit. Il se demandait qui elle pouvait être. Elle s'appelait Sorcha, soi-disant. *Mais Sorcha comment ? Et d'où venait-elle ?*

Caden aurait aimé poser ces questions et d'autres encore, mais après toutes les difficultés qu'il avait causées, ce fichu Alec semblait se faire discret. Ils étaient peut-être amis, mais Alec se gardait bien de le tester. Et pourtant, c'était bien ce qu'il avait fait. Livré à lui-même, il était parti kidnapper une pauvre fille. C'était précisément ce dont Rònaigh pouvait se passer en ce moment – que Caden se retrouve au bout de la lame du père de la jeune fille alors qu'il n'était pas prêt à défendre son peuple ou sa propre personne. Quel serait le prix à payer pour l'impétuosité d'Alec ?

Il commençait à remettre en question la logique qui l'avait conduit à le laisser diriger.

Il avait espéré qu'Alec en vienne à entendre raison et amène les survivants du village à plaider leur cause auprès du vieux MacLeod. Il n'y avait pas si longtemps, ils étaient alliés. Il ne devrait pas leur refuser catégoriquement son aide, surtout s'ils lui offraient Rònaigh. À quoi servirait leur fierté s'ils risquaient de perdre la vie ?

C'était une situation insoutenable pour leur peuple : se réjouir de leurs gloires passées alors qu'ils n'avaient pas d'avenir. Ils ne pouvaient se leurrer. Ils se trouvaient dans une situation désastreuse.

Pourtant, Sorcha le faisait sourire...

Bien qu'elle se soit crue prisonnière, elle s'était montrée éhontée et nullement soumise. Elle disait ce qu'elle pensait, et comme elle le voulait. Quel genre de parents avaient élevé une fille si effrontée ? Caden n'avait jamais rencontré une femme si sûre d'elle, hormis Brighde. Mais cette sainte itinérante devait être apparentée aux dieux, car elle était venue à Rònaigh chaque année, d'aussi loin que Caden se souvienne, et pourtant elle semblait beaucoup plus jeune que lui, avec ses yeux verts brillants, sa peau immaculée et ses cheveux dorés.

Cependant, même la beauté de Brighde n'avait pas trouvé grâce aux yeux de Caden. Il était heureux de la voir arriver et content de la voir repartir. Cette jeune fille nommée Sorcha s'était au contraire profondément infiltrée dans ses pensées. Pourtant, il n'avait pas la moindre idée de ce à quoi elle ressemblait.

Son parfum était comme la manne tombée du ciel. Sa voix comme un chant qui ne voulait pas quitter son esprit.

En vérité, n'importe quelle autre fille se serait sans doute réveillée en hurlant sans jamais s'arrêter. Au lieu,

Sorcha avait eu l'audace de l'interroger, lui, laird de ce domaine et héritier de Conn, et elle avait parlé de son « petit soldat » comme si elle en avait vu plus de cent mille. À cet égard, c'était soit une prostituée, soit une guérisseuse. Et Caden se surprit à espérer qu'elle puisse le guérir. Dans cette optique et las d'attendre, il se dirigea vers la porte. Ce qu'il avait fait des milliers de fois auparavant, quand il avait l'usage de ses yeux. Il ouvrit la lourde porte d'un coup sec.

— Alec ! cria-t-il à pleins poumons. Alec !

Comme le lion sur son étendard, sa voix rugit à travers le donjon. Le soulagement envahit soudain Caden lorsqu'il entendit des pas lourds dans les escaliers. Certains jours, même s'il avait prié pour que cela arrive, il craignait de se réveiller seul un matin – d'appeler Alec et que personne ne vienne.

Heureusement, fidèle au poste, son capitaine et meilleur ami apparaissait toujours.

— Que se passe-t-il ? demanda Alec, à bout de souffle.

Caden l'imagina le visage rouge, plié en deux, les mains sur les genoux, en train de reprendre sa respiration.

— Que puis-je faire pour vous, mon laird ?

Caden fut à deux doigts de l'interroger sur la fille. Au lieu, il se gratta la tête et se rendit compte que ses cheveux étaient extrêmement gras et que son derrière puait comme un sac de linge sale.

— Je veux prendre un bain, dit-il.

Dès que les mots sortirent de sa bouche, il désira désespérément la sensation de l'eau propre et chaude.

Pendant un long moment, sa demande ne rencontra que le silence.

— Un *bain*, mon laird ? finit par demander Alec, pris de court.

Caden sentit un sourire naître dans la voix d'Alec.

— Oui, grand nigaud. Tu as bien entendu. J'ai besoin d'un bain. Et si tu n'effaces pas ce sourire niais de ton visage disgracieux, je vais m'en charger moi-même.

Alec étouffa un petit rire, mais Caden l'entendit néanmoins.

— Oui, monsieur ! répondit-il avec enthousiasme, le ton de sa voix trahissant sa joie.

Avant même que Caden puisse le renvoyer, l'homme avait déjà disparu, descendant l'escalier quatre à quatre.

— Il veut un bain ! hurla-t-il à Bess. Caden veut un bain !

Il riait si bêtement que Caden ne pouvait guère lui en vouloir. En fait, il se surprit à sourire lui-même en percevant la joie dans la voix d'Alec. Et il se demandait quand cet idiot finirait par déclarer sa flamme à Bessie. Quoi qu'il arrive, en bien ou en mal, c'était toujours vers elle qu'Alec se précipitait. À vrai dire, Caden soup-çonnait Alec d'être plus fidèle à Bessie qu'à son laird.

❧

ENTOURÉE D'ENFANTS, Sorcha se retrouva en train de faire la chose la plus inattendue : elle cueillait des herbes, comme une possédée. L'île devait être froide et désolée en hiver, mais quel enchantement pour un apo-thicaire ! Elle avait déjà repéré de l'achillée, du char-don-Marie et de la grande camomille.

Les papillons voletaient autour d'elle. Les abeilles bourdonnaient au-dessus des fleurs. Des fous de Bassan et des mouettes traversaient le ciel lumineux, parsemé de nuages blancs cotonneux. L'étrange étoile brillante semblait zigzaguer entre eux.

Près du rivage, les falaises sombres étaient cou-vertes de macareux, de goélands argentés et de mouettes tridactyles.

Comme ils le lui avaient promis, les enfants conduisirent effectivement Sorcha à un jardin luxuriant de *ruagaire deamhan*.

Bien qu'il soit normalement trop tôt dans la saison pour apercevoir les fleurs en forme d'étoile, la colline en était recouverte. Les pétales irréguliers et les tiges droites étaient si drus que les plantes ressemblaient à de petits arbres, certains plus hauts que les enfants.

Pour s'assurer de ce que c'était, Sorcha arracha une feuille et la leva à la lumière du soleil pour voir si elle avait des perforations. Oui, c'était bien du millepertuis.

Sorcha était de plus en plus convaincue qu'Una elle-même avait envoyé Alec la chercher à Lochinver. *Ce n'est pas un champ ordinaire. Ce n'est pas non plus une île ordinaire.* Et pourtant, si Una était la Cailleach… elle serait vieille comme le monde. Elle serait la Mère de l'Hiver, la créature à tête bleue. « Sois la jeune fille, la mère et la vieillarde », disait-elle. « Sois le dieu cornu, l'esprit sauvage de la forêt ! » Son ancienne rengaine revêtait désormais un sens nouveau.

Tout en considérant les chances – quasiment nulles – que ces gens l'aient trouvée sans aide, Sorcha écrasa les fleurs de *ruagaire deamhan* entre ses doigts. Du jus violet en sortit.

On pouvait administrer la plante sous forme de tisane ou de teinture et il y en avait assurément assez pour la donner sous les deux formes.

Elle encouragea les enfants à l'aider à cueillir toutes les fleurs et leur montra comment les couper, exactement comme Una le lui avait enseigné, pour ne pas se tacher les mains. Néanmoins, quand ils eurent fini, les enfants avaient tous les mains rouge vif. Sorcha avait une jupe pleine de fleurs, ainsi que des taches violet foncé sur la robe bleu clair qu'on lui avait prêtée. Ils se mirent tous à rire et à gambader en agitant leurs mains sales. Sorcha les regardait en riant elle aussi.

Plus tard, de retour au donjon, Sorcha prit exemple

sur sa sœur Lìli. Elle trouva une table de travail et s'y installa. C'était la première chose que Lìli avait faite en arrivant à Dubhtolargg. Il allait donc de soi que Sorcha fasse de même. *Pourquoi pas ?* S'ils voulaient qu'elle les aide, il lui fallait un endroit convenable pour couper et broyer les herbes. Lui donner une table était le moins qu'ils puissent faire après l'avoir embusquée de la sorte.

Et puis, Una n'ayant élevé ni elle ni aucune de ses sœurs pour être timide, Sorcha exigea également qu'on lui rende son grimoire et sa *keek stane*. Son livre contenait non seulement l'histoire de son clan, mais il était aussi rempli de potions inestimables, toutes transcrites par Una. Et c'était là un autre indice, comme le réalisa Sorcha. Una avait en effet affirmé avoir elle-même examiné chaque concoction, mais il y en avait des centaines dans ce livre. Cela aurait pris des dizaines de vies. Una et la Cailleach étaient très certainement la même personne. Cette misérable vieille roublarde !

Mais c'était une question à régler avec Una elle-même. Au grand plaisir de Sorcha, Alec lui rendit sa *keek stane* et son grimoire, sans discuter. Il lui attribua aussi un atelier de travail, rien que pour elle. Il lui donna la pièce qui leur avait jadis servi de cuisine. La nouvelle était plus éloignée de la tour. Sorcha apprit cela de Bessie, qui lui montra où se procurer les ustensiles dont elle avait besoin, dans une petite pièce attenante à la cuisine plus récente.

Donc, la première chose à faire était de sécher les fleurs. Trop d'humidité pourrait faire pourrir sa teinture. Sorcha mit à part dans des paniers les fleurs qu'elle voulait utiliser en tisane. Elle étala toutes les autres sur les sols de pierre, le plus proche possible des fenêtres, de sorte que le soleil les réchauffe. Avant de pouvoir s'en servir, elle devait laisser les fleurs telle quelle pendant deux jours. Ensuite, elle préparerait ses remèdes.

Sorcha fredonnait en travaillant. Malgré la situation dans laquelle elle se retrouvait, elle était en effet follement satisfaite de son nouveau statut, même s'il était temporaire. Sa sœur Lìli n'avait pas de salle de travail si spacieuse. Sa table était calée dans un coin de sa chambre. Quant à celle d'Una, malgré ses nombreuses années de pratique, elle était camouflée dans une grotte sombre et humide sous leur montagne, avec une brume si froide qu'on en avait mal aux os. Pour Sorcha, ils avaient placé une table au centre d'une grande salle, comme s'ils appréciaient sa contribution.

Chez elle, elle avait eu l'impression qu'on la tenait pour acquise. Parce qu'on pouvait toujours compter sur elle. Elle gardait ses neveux et nièces. Elle faisait les commissions de chacun. Elle allait chercher de l'eau. Elle s'assurait qu'ils aient tous des vêtements propres. Sa sœur Lìli s'occupait des malades et Sorcha la suivait, pour aider quand elle le pouvait.

À vrai dire, Sorcha avait trouvé ce matin un nouveau but dans la vie, autre que le désir d'être réunie avec Una. Avec un peu de chance, peut-être pourrait-elle à la fois aider ces gens et retrouver Una ?

Elle était vraiment désolée pour Caden Mac Swein. Que devait-il ressentir après avoir tué son propre frère ? *Après l'avoir vu la tête coupée ? En sachant que c'était de sa faute ?* Cette simple pensée lui donnait envie de s'arracher les yeux. Mais dès que Sorcha réussit à chasser cette image troublante de son esprit, elle se rappela ses propres épreuves.

Elle se remémora l'image de Padruig penché sur le père d'Aidan, sa longue barbe éclaboussée de sang et son épée tachée de rouge. Il avait essuyé son arme sur la jupe de sa mère, puis Sorcha l'avait vu avec horreur la souiller.

Cruellement, telles étaient les dernières visions que sa *keek stane* lui avait révélées. *Quelle trahison ! Quelle méchanceté !* Et Sorcha était du sang de cet homme. À chaque fois qu'elle y pensait, elle en avait la chair de poule.

En vérité, Sorcha ne s'était jamais lamentée sur ses circonstances. On lui avait appris à tirer le meilleur parti de toute situation, car le lendemain n'était jamais assuré. La preuve, à peine une semaine plus tôt, Sorcha se croyait un membre précieux de son clan. Et en un clin d'œil, tout n'était plus que mensonges !

Perturbée par ses pensées, Sorcha fit une pause et sortit pour observer l'étoile. Tel un phare, elle brillait au-dessus de l'île. Comme si elle avait eu l'intention de la guider vers cet endroit précis.

— Je sais que c'est toi, murmura-t-elle. Je sais que c'est toi, Una. Montre-moi ce que je dois faire...

Mais l'étoile ne lui répondit pas. Elle restait obstinément accrochée dans le ciel, brillant sur l'île, silencieuse et vigilante comme l'œil d'un dieu.

— Bonjour, madame, lança une petite fille, agitant ses mains rose vif.

Sorcha lui rendit sa salutation. Deux petits garçons la dépassèrent en courant et en riant.

C'est alors seulement que Sorcha se rendit compte du nombre d'enfants. Ils étaient bien plus nombreux que les adultes capables de s'occuper d'eux. Sorcha s'arrêta un instant et réalisa la vulnérabilité de ces gens.

Cela lui fit de nouveau penser à son propre clan, lui aussi très diminué à sa façon. Elle ressentit aussitôt une affinité avec ces personnes. En attendant qu'elle puisse retrouver son mentor, ces gens avaient vraiment besoin d'elle. Elle avait la ferme intention de faire bon usage de son temps ici, à commencer par ce triste laird.

Comprenant leur détresse, Sorcha leur pardonna leur audace et leur impertinence. Une fois de plus, prenant les choses en main, elle se dirigea résolument vers l'étable pour mettre Liusaidh en liberté. Tant qu'elle y était, elle fit de même avec Diabhal. *Pauvre cheval !* Où diable pourraient-ils fuir ? Comme Sorcha, ils étaient pris au piège ici. Eux non plus n'avaient pas d'ailes, quoi qu'en pensent les enfants.

Cheval de fée, pouah ! Ils prétendraient bientôt que Liusaidh était une licorne. À la fin de l'après-midi, les deux chevaux étaient couchés sous un vieux sorbier. Sorcha était enfin prête à gravir les marches et à affronter Caden Mac Swein.

CHAPITRE 9

*J*uste au moment où Caden craignait le pire, que Sorcha soit partie pour toujours, elle entra précipitamment dans sa chambre. Il se délassait dans son bain, attendant le retour de Moira. Elle prenait son temps. Tellement de temps en fait que, laissé seul assis dans l'eau sans assistance, il se rendait compte combien il s'était accoutumé aux attentions de sa maisonnée. Combien de temps avaient-ils perdu à s'occuper de lui ? Combien de soins avait-il tenus pour acquis ? Dans sa profonde détresse, Caden avait pensé aider ses gens à se sauver d'eux-mêmes, mais qui les sauverait de lui ? La dernière chose dont ils avaient besoin était d'apaiser ses humeurs ou de satisfaire ses moindres désirs. Il était adulte, bien plus capable que la plupart, bien plus capable que leurs morts.

Bien plus capable que Davie.

Il se rendit compte qu'il s'était comporté comme un enfant gâté. Un enfant ayant le luxe de bouder, quand aucun membre de son peuple ne pouvait se le permettre.

— Alors, on m'a apparemment fait venir pour que je vous aide, lança-t-elle d'un air hautain.

Tiré de ses rêvasseries, Caden poussa un cri comme

un petit garçon et s'éclaboussa le visage. Pour la première fois de sa vie, il se sentit brièvement dépité. Pour l'amour du ciel, il aurait pu être en train de faire *n'importe quoi* ici. *N'importe quoi !* Ne pouvait-elle pas frapper à la porte ? Il maudit sa cécité, qui l'empêchait de voir au-delà de ses pensées, et ses oreilles aussi, car elles lui avaient manifestement fait défaut. Que diable aurait-elle fait si elle l'avait surpris en train de se polir le mât ? Il dissimula son amertume sous l'exaspération :

— À moins que vous ayez le pouvoir de ressusciter les morts, lui expliqua-t-il, vous ne pouvez pas m'aider.

Ou plutôt, si, elle *pourrait* l'aider, mais Caden n'était pas un homme luxurieux. Pourtant, sa libido était revenue avec une ardeur redoublée et, même à cet instant, il avait le mât dressé. Vexé par l'intrusion de la femme, il se glissa plus profondément dans la baignoire. Il était néanmoins soulagé qu'elle soit revenue. Mais en vérité, elle se comportait plus comme une mère, et il avait vécu vingt ans sans. Il était désormais trop tard pour en adopter une.

— Ne vous apitoyez pas sur votre sort, Caden Mac Swein. Vous avez deux bonnes jambes et deux bonnes mains. Vous devriez être plus reconnaissant !

C'était exactement ce que Caden était parvenu à accepter par lui-même, mais en l'entendant énoncé en ces termes, par une jeune femme si audacieuse, et une étrangère par-dessus le marché, son sentiment de culpabilité s'intensifia. Son apitoiement était vraiment répréhensible.

D'un autre côté, avait-*elle* tué un frère de sa propre main ? Pourrait-elle supporter de se voir comme les autres la voyaient si elle était comme lui un fardeau et une source de tracas, indésirable et impardonnable ?

Ignorante de son auto-récrimination, la jeune femme vint agiter ses doigts dans l'eau de Caden, puis se tint à son côté. Caden la sentit plus qu'il ne la vit. Il se rendit compte combien ses sens s'étaient développés. Il pouvait même deviner sa forme, longue et svelte.

Mais comment pouvait-il savoir cela ?

— Votre eau est dégoûtante, dit-elle. Il était temps que vous pensiez à vous laver. Où sont vos vêtements ?

Elle prononçait chaque phrase avec l'intonation et l'arrogance d'un homme en charge. Un instant, Caden eut envie de la défier. Même enfant, personne ne lui avait parlé sur un ton si autoritaire. Mais en vérité, ses orteils devenaient bleus et il répugnait à imaginer combien son vit avait dû maintenant rétrécir.

— Dans l'antichambre, grommela-t-il. Dans mon coffre.

Et il lui fit signe de partir, reconnaissant qu'elle lui obéisse. Un peu tard, il cacha ses parties intimes avec ses mains, anticipant son retour.

Non qu'il soit vraiment embarrassé, mais il n'était pas à l'aise d'être nu devant elle sans pouvoir observer sa réaction. *Et pourquoi ai-je besoin de voir sa réaction ?*

Alec aimait plaisanter en disant qu'il avait un bras de bébé entre ses jambes et Caden n'avait jamais été le moins du monde pudique. Pourtant, il n'était pas sûr de savoir lequel des deux scénarios le troublait le plus : la possibilité que Sorcha soit jeune et charmante ou la probabilité qu'elle soit vieille et affreuse. Pour une raison ou une autre, il était de toute façon inhabituellement embarrassé à l'idée d'exposer ses attributs masculins. Il entendit la femme farfouiller dans l'antichambre, puis elle revint et lui ordonna de sortir de son bain.

— Vous êtes bien arrogante ! se plaignit-il.

Mais cette fichue bonne femme était inébranlable.

— Croyez-moi quand je vous dis que mes sœurs sont bien pires !

As ucht Dé ! Pour l'amour de Dieu ! Caden détestait l'idée. Pouvait-il en exister une autre du même moule, autoritaire et impudente ? Il n'avait pas l'habitude de rencontrer des femmes avec une telle force de caractère.

Ne se sentant pas d'humeur charitable, il arrêta de cacher son membre viril, déterminé à faire rougir la jeune fille comme une écrevisse. Parbleu, il n'était pas déficient dans cette région. Si ses bras et ses jambes étaient épais, son vit n'était pas moins avantagé. Un sourire narquois aux lèvres, il se leva comme elle le lui avait demandé. L'eau dégoulina le long de son corps. Mais Sorcha n'émit aucun son. Aucune parole. Aucune réaction. Les joues de Caden – celles de son visage – s'enflammèrent. Les minuscules poils de son derrière se dressèrent en signe de détresse.

— Sortez du bain, exigea-t-elle.

Caden resta un long moment immobile et gêné, incertain de ce qu'il devait faire. En vérité, il avait peur de bouger, de trébucher et de se retrouver le nez par terre. Et d'être encore plus mal à l'aise. Il n'avait en fait pas pris de bain depuis si longtemps qu'il avait mal évalué la hauteur de la baignoire quand il était monté dedans. La pensée de se ridiculiser maintenant devant elle le fâchait.

Ne comprenait-elle pas qu'il avait besoin d'aide ?

Néanmoins, il n'était pas près de lui en demander.

Brassant l'air devant lui et plus conscient que jamais de sa nudité, Caden trouva le rebord de la baignoire. Et cette sans-cœur restait immobile et silencieuse tandis qu'il avançait à tâtons. Il souleva une jambe pour sortir de la baignoire, exposant très probablement son vit, ce qui ne lui plaisait pas du tout. Puis, au moment où il était sur le point de la réprimander d'un ton sec, elle l'enveloppa d'une serviette chaude. La douceur et la chaleur le surprirent.

Par Dieu, avait-elle placé la serviette sur le brasier ?

Il l'avait parfois fait lui-même, mais il n'avait jamais ordonné à quelqu'un d'autre de le faire pour lui. Personne n'avait le temps de s'accorder ce petit luxe. Néanmoins, la jeune fille avait été assez attentive pour y penser. D'autre part, ses bras aussi étaient chauds. Les sentir soudain autour de lui sans qu'il s'y attende lui mit la larme à l'œil. Comme un petit garçon, il enfouit son visage dans la chaleur du tissu, faisant semblant d'être seulement en train de se sécher.

De près, Sorcha sentait le soleil. Et quelque chose d'autre... quelque chose de pas immédiatement perceptible. Alors qu'elle serrait la serviette autour de lui, il découvrit aussi qu'elle n'était pas si petite. En fait, elle était presque aussi grande que lui. Il avait envie de tendre les mains pour tracer les lignes de son visage et voir si sa peau était aussi douce que son parfum.

Ses seins s'agitaient contre la poitrine de Caden tandis qu'elle le séchait. Hauts, fermes et arrondis. Sa propre réaction physique fut immédiate. Gêné, il se sépara d'elle, ne sachant trop quoi penser du salut de son « petit soldat » à une femme d'un certain âge.

Il était inconcevable qu'une jeune fille pense avec tant d'attention aux plaisirs complexes d'un bain. Elle était *certainement* vieille et expérimentée. Dommage. Et pourtant...

— Faites attention, lui dit-elle en essayant de lui reprendre la serviette.

Caden se débattit.

— Non ! rétorqua-t-il en lui arrachant des mains. Je peux me sécher tout seul.

— Très bien, répondit-elle en cédant.

Elle s'éloigna et son parfum s'estompa. Caden en éprouva une vive douleur, comme s'il venait de perdre un membre.

Il entendit la femme sortir de la pièce d'un pas léger et rapide. Il profita de l'occasion pour traverser sa chambre. Il retourna vers son lit et s'y assit. Il attacha solidement la serviette humide autour de ses larges épaules. Des épaules couvertes de cicatrices. Les avait-elle remarquées ? Leur vue l'avait-elle dégoûtée ? Était-ce pour cela qu'elle ne semblait pas le moins du monde troublée par lui ? Combien de cicatrices avait-il maintenant après cette bataille sur la colline ? *Bien plus que ce que Davie aurait jamais l'occasion de recevoir.*

Reprends-toi en main ! s'ordonna-t-il. *Sois un homme !* Il était un fardeau pour tous. Parbleu, il ne pouvait même plus prendre un bain sans se faire aider.

Elle non plus ne semblait pas le trouver bien courageux. Plutôt idiot, bête comme une oie.

Et pourtant, le premier jour, elle lui avait dit qu'il était brave. Ce souvenir lui plut.

Perplexe et indécis, Caden était toujours assis sur son lit lorsque Sorcha revint, sa tunique à la main. Caden sentit sa propre odeur sur le tissu, sans savoir quelle tunique elle avait choisie. La verte ne lui allait pas du tout. La tunique bleue était bien trop usée. La rouge était décolorée. Mais le choix était bien sûr limité. Et pourquoi se soucier de cela ? Il n'était pas un Sassenach, avec des coffres remplis de soieries. Les tisserands de Rònaigh étaient peu nombreux et la laine rare. La plupart de ses vêtements, il les avait reçus en cadeau ou acquis lors de ses voyages sur l'île de Skye.

Juste une fois, lorsqu'il était enfant, Caden avait rejoint son père dans l'arrière-pays de la Scotia, où ce dernier s'était plaint que le seigneur était un diable de Sassenach. *Et pourquoi ?* Tout simplement parce que le laird avait envoyé sa femme le baigner. Une insulte pour sûr. Non seulement parce que cela impliquait que son père puait, mais aussi parce que baigner un laird était une coutume anglaise, à laquelle aucune Scot digne de ce nom ne s'abaisserait. Les femmes de leur clan avaient des choses bien plus importantes à faire, comme élever les enfants et s'occuper des cuisines.

Néanmoins, Caden resta assis, laissant Sorcha le manipuler à sa guise. Comme un fichu bébé.

Il grogna de mécontentement.

— Voilà, lança-t-elle, un sourire dans la voix. Vous êtes tout propre, Caden Mac Swein.

Caden sentit de nouveau son vit s'agiter. Sapristi, allait-il le faire chaque fois qu'elle lui adresserait la parole ? C'était pour le moins déconcertant.

— Merci, fit-il avec un peu de ressentiment.

Mais il fut reconnaissant une fois sa tunique enfilée, car il put la tirer jusqu'à ses genoux.

— Vous savez, vous n'êtes pas obligée de me servir, mademoiselle. Nous n'avons pas eu d'esclaves sur cette île depuis des années.

— Ça ne fait rien, reprit-elle sur un ton trop sirupeux. J'ai conclu un marché et je tiendrai parole. D'une manière ou d'une autre, Caden Mac Swein, je ferai de mon mieux pour vous aider. Et après la fête de mai, dans trois semaines, je serai partie.

Partie ? Pour de bon ?

Où diable comptait-elle aller ?

Ils étaient au beau milieu de la mer du Nord.

Il ne s'était pas trouvé aussi proche d'une femme sentant si bon depuis trop longtemps.

— Je sais comment je m'appelle. Vous n'avez pas besoin de le répéter à tout bout de champ. Où sont mes bottes ? lui demanda-t-il d'un ton sec.

Sans un mot, Sorcha le repoussa sur son lit. Puis elle s'agenouilla et fit entrer ses pieds dans ses chaussures. Caden pensa de manière fâcheuse aux lèvres de cette femme se posant là où elles ne devraient pas. Son membre s'agita de nouveau. Il l'ignora résolument.

— Quel marché ?

— Je suis guérisseuse, répondit-elle. Donnez-moi votre autre pied et nous commencerons par une promenade.

— Pour l'amour de Dieu, je ne suis pas un chien !

La femme se mit à rire. Pas précisément la réaction à laquelle s'attendait Caden. Elle devait avoir une douzaine de frères, tous de fort caractère, pour ne pas être offensée par son humeur. Hormis Alec, tous semblaient trembler quand il parlait. La femme s'éloigna enfin. Et au grand soulagement de Caden – et à son grand désarroi –, elle le laissa de nouveau assis sur son lit à attendre...

La dernière chose dont Caden Mac Swein avait besoin était de rester assis à s'apitoyer sur son sort.

Le ton geignard de Caden pourrait rivaliser avec un village entier de lépreux. Sorcha voulait seulement qu'il se rende compte que sa cécité n'était une entrave que dans la mesure où il le permettait. Constance, après tout, avait appris à accomplir presque toutes les tâches qui lui étaient assignées, et plus encore.

L'origine de leur cécité était assez mystérieuse. Ni Caden ni Constance n'avaient été blessés aux yeux. Caden avait effectivement des dizaines de cicatrices ailleurs, mais son visage était intact. Elle réfléchit à cela un certain temps.

Les deux avaient apparemment vu quelque chose qu'ils ne voulaient pas voir ou qu'ils n'auraient pas dû voir.

Dans le cas de Constance, elle avait aperçu la pierre sacrée que la tribu de Sorcha avait cachée dans la vallée. Une relique que personne, à moins d'être un gardien ou une gardienne, n'avait vue depuis près de trois cents ans. Sorcha s'imaginait parfois que les dieux du ciel – Taranis par exemple, avec son tonnerre et ses éclairs – avaient aveuglé Constance pour se venger. Mais Caden, lui, n'avait pas vu quelque chose d'interdit. Il avait plutôt vu quelque chose qu'aucun homme ne voudrait jamais voir. Et si sa cécité était une pénitence infligée non pas par les dieux, mais par lui-même ?

Si c'était le cas, lui redonner goût à la vie suffirait peut-être à lui faire recouvrer la vue ? Le *ruagaire deamhan* apaiserait sa colère et lui procurerait un sentiment de paix.

Elle attendait toujours que Caden se rende compte qu'elle n'allait pas retourner dans sa chambre. Elle voulait qu'il la suive de plein gré. Surtout parce que s'il refusait, elle ne pourrait jamais le porter au bas des marches. Elle sifflota doucement, juste assez pour qu'il entende qu'elle l'attendait.

Avant de monter aider Caden, Sorcha avait imploré Alec et Bess d'installer les tables à tréteaux dans la grande salle et de préparer un copieux repas. C'était le moins qu'ils puissent faire, après avoir sabordé son voyage. Elle avait envie d'enfoncer ses dents dans quelque chose de consistant, outre cet homme acariâtre. Ce serait son premier bon repas de la semaine. Mais ce n'était pas la seule raison. Elle comprenait qu'ils économisaient, espérant avoir assez à manger jusqu'à la fête, mais c'était important que Caden se rende compte que la vie continuerait. Un peu de normalité l'obligerait à reconsidérer sa misère. Ne sachant que trop bien qu'il était toujours assis sur son lit, Sorcha attendit au sommet des marches, pas insensible au point de le laisser descendre l'escalier tout seul. Un seul mauvais pas suffirait à se fracasser le crâne, même pour quelqu'un à la tête dure comme Caden Mac Swein.

Caden Mac Swein.

Sven du Nord.

Elle se demandait s'il y avait une connexion. Le Viking était une figure renommée de leur passé, un puissant conquérant qui avait épousé une fille du roi d'Irlande. Elle connaissait bien son histoire, car Una avait jugé cela important. « Ceux qui n'apprennent pas du passé », avait-elle dit, « sont destinés à le répéter. » À cet instant, réfléchissant aux paroles de son mentor, Sorcha pensa à son propre père. Il y avait hélas des gens qui *connaissaient* le passé et faisaient tout pour le répéter. En fait, son *père* lui-même avait bien eu l'intention de commettre la même trahison que MacAlpin. Il était venu à Dubhtolargg pour tuer le laird, et... *N'y pense plus. Tu as une tâche à accomplir.*

Elle sifflota plus fort. Et alors qu'elle craignait que Caden ne se soit rendormi, têtu comme il semblait l'être, elle fut récompensée par sa présence à la porte de l'antichambre.

Mais, parbleu ! Elle ne s'était pas du tout attendue à le voir ainsi.

Jusqu'alors, elle n'avait pas vraiment pris le temps de le *regarder*. Et il se tenait là, grand comme dans un rêve, ses cheveux dorés si brillants et propres. Il ressemblait à un dieu viking. Ses bras et ses jambes étaient solides et forts, attestant de sa vie avant son *accident*. Il était manifestement habitué aux travaux. Elle avala sa salive, soudainement intimidée, réalisant qu'on pouvait parfois ne rien voir sans être aveugle pour autant...

— Ah, vous voilà, hésita-t-elle. J'espérais une escorte pour partager le repas.

— Le repas ? demanda-t-il, semblant surpris.

À cette simple question et à l'expression sur son visage, Sorcha comprit que si *lui* avait renoncé aux activités ménagères courantes, tous ses gens aussi apparemment. Ignoraient-ils donc combien il était important de manger ensemble pour engendrer un sentiment de communauté ? Son frère n'aurait *jamais* renoncé à une telle cérémonie, sous aucun prétexte. Elle se rappelait de nombreuses occasions où ils étaient tous à couteaux tirés, mais une fois le moment du repas arrivé, ils mettaient leurs griefs de côté. Aidan l'ordonnait.

Dès que Sorcha se retrouverait seule avec Alec, elle lui dirait ce qu'elle en pensait. Comment Caden pourrait-il retrouver sa volonté de vivre, si même les siens le considéraient comme perdu ?

— Oui, monsieur, je crois qu'il y a de la morue, avança timidement Sorcha, avant d'observer ses émotions sur son visage, un air de plaisir enfantin comme elle n'en avait jamais vu. Alec dit avoir envoyé des hommes pêcher ce matin. Il y aura peut-être aussi du chou et du pain, ajouta-t-elle.

Le sourire disparut du visage de Caden.

— Pas celui de Bessie ? demanda-t-il.

Sorcha ne put se retenir : elle éclata de rire. Ayant retrouvé son calme, elle lui dit :

— Ne vous en faites pas, Caden Mac Swein. Quand elle aura le dos tourné, je prendrai votre tranche et la donnerai aux chiens.

— Nous ne gardons pas les chiens à l'intérieur, répliqua-t-il sur un ton très sérieux.

Sorcha rigola.

— Eh bien, je la passerai discrètement à Alec. J'ai l'impression que ce n'est pas la seule chose de Bessie qu'il serait prêt à mordiller.

À la grande surprise de Sorcha, il éclata de rire puis, secouant la tête, il avança directement vers elle. Sorcha retint son souffle.

Cela faisait du bien de rire.

Deux fois aujourd'hui.

À pas lents, Caden traversa la pièce, surpris de constater que tout avait été ôté de son chemin. Il fronça les sourcils. À chaque fois que Moira nettoyait, elle bougeait tout. Il savait que cela partait d'une bonne intention, mais néanmoins cela résultait souvent en bosses et bleus supplémentaires.

Son pouls s'accéléra lorsqu'il traversa l'antichambre. Il avait le souffle court à la simple peur de tomber. Soudain, son cœur tressauta quand il sentit le parfum de Sorcha à proximité.

— Ah, mademoiselle, dit-il en se heurtant contre elle.

Sorcha le saisit par les bras pour le stabiliser, puis le relâcha aussitôt.

Que Dieu lui vienne en aide ! Il se sentait comme un jeune homme avec son premier amour. Mais cela n'avait aucun sens, puisqu'il ne la connaissait pas du tout. Il savait seulement qu'il aimait le son de sa voix et l'odeur de ses cheveux. Il se pencha en avant, cherchant son agréable parfum. Il n'avait jamais rien senti d'aussi bon… comme le pollen et les fleurs, un parfum qui l'enivrait chaque fois qu'elle s'approchait de lui.

— Attention, l'escalier est raide.

— Je le sais mieux que vous.

— Je vais quand même passer devant, annonça Sorcha sur son ton autoritaire habituel. Et lorsque nous arriverons en bas, vous prendrez mon bras.

Bien que directive, elle commençait à plaire à Caden. Il répondit avec un sourire.

— Et si je trébuche, nous serons deux à nous briser le cou.

Elle rit doucement, un son mélodieux qui éveilla de nouveau les sens de Caden.

— Soyez sans crainte, le rassura-t-elle, je ne suis pas une mauviette.

As ucht Dé ! Caden eut soudain la vision de membres sauvagement entrelacés, affamés. Son corps n'avait pas réagi si volontiers à une femme depuis ses jeunes années inexpérimentées.

. . .

Prenant soin de se placer devant lui, Sorcha attendit que Caden s'approche de la première marche, puis elle descendit la suivante. C'est ainsi qu'ils descendirent tout l'escalier, une marche à la fois, avec Sorcha devant lui. Elle le tenait fermement par les bras. Tout allait si bien. Elle était très satisfaite de leur progression quand soudain sa chaussure gauche rencontra une pierre lâche. Sorcha trébucha en arrière. À sa grande surprise, Caden l'attrapa par le bras et prévint sa chute.

Sorcha cligna des yeux, ne sachant trop ce qui la surprenait le plus : qu'elle ait perdu pied, malgré sa grande prudence, ou que Caden ait eu le réflexe de tendre le bras pour la rattraper.

Elle comprit soudain quelque chose à propos de sa maladie : il *pouvait* voir. Le problème était simplement qu'il ne *voulait* pas. Ou plutôt, une partie de lui-même l'empêchait d'interpréter ce que ses yeux voyaient. De toute évidence, il avait su comment la rattraper parce qu'il l'avait *vue* tomber, non parce qu'elle avait crié à l'aide, puisqu'elle n'avait pas eu le temps de le faire.

Le cœur de Sorcha battit la chamade lorsqu'il l'attira contre sa poitrine, un peu ébranlée. Elle pressa sa joue contre sa tunique, troublée par les sensations agréables qui l'assaillirent quand il la prit dans ses bras.

— Attention, dit-il, semblant trop content de lui, l'escalier est raide.

La taquinait-il ?

Sorcha sourit.

— Comme nous venons de le découvrir.

— Ah, je vous l'avais dit, mademoiselle, rétorqua-t-il, la tenant toujours dans ses bras. C'est pour ça que je descends rarement. Le donjon de Dunrònaigh a été construit il y a plus de cinq cents ans, et il y a plus d'une centaine de marches pour arriver en bas.

Ils s'étaient donc donné toute cette peine pour la

kidnapper et l'amener sur cette île lointaine pour guérir leur laird, mais ils n'avaient pas pensé un instant à l'aider à descendre les escaliers ? *Quels idiots !*

Sorcha se défit de son étreinte.

— C'est tout ? plaisanta-t-elle avant de poursuivre la descente, tenant Caden par la main. Ne craignez rien, les efforts des braves sont toujours récompensés.

Elle entendit un sourire dans sa réplique.

— Et quelle récompense me donnerez-vous ? demanda-t-il, la voix rauque et épaisse.

Un frisson parcourut le dos de Sorcha.

— Nous verrons, mon laird, dit-elle évasivement, nous verrons.

Attiré par l'odeur d'un repas chaud, le ventre de Sorcha l'invita à se hâter. Mais elle prit son temps, conduisant Caden avec aisance, une marche à la fois.

CHAPITRE 10

Sorcha était introuvable.

Ayant passé les Highlands au peigne fin, Aidan, Keane et Jaime Steorling se retrouvèrent dans une petite auberge près du village de Lochinver pour discuter de ce que chacun avait découvert. Jaime était un soldat du roi, marié à leur sœur Lael. Au dire de beaucoup, c'était lui qui l'avait détachée à temps de la potence. Si quelqu'un avait de l'influence sur le roi, c'était bien Jaime. Il était également le seul à entendre ce que l'on chuchotait tout bas. Plus d'un avait indiqué avoir rencontré au port une fille qui correspondait au signalement de Sorcha. Elle essayait d'acheter son passage pour l'île de Skye. D'après le capitaine du port, un marin en particulier avait accepté de l'emmener, en échange de son cheval. Mais une fois en mer, ils s'étaient dirigés vers le nord, et non vers l'ouest. On n'avait jamais revu ni entendu parler de la jeune fille depuis. Jaime secoua la tête.

— Je ne vois pas ce qui pourrait l'attirer sur l'île de Skye. On n'y trouve rien d'autre qu'un froid glacial.

— À qui appartient ce siège ? demanda Aidan, sachant que Jaime le saurait, occupant lui-même un siège au Conseil du roi David.

— À MacLeod, déclara Jaime. David ne sait plus quoi faire en matière de diplomatie là-bas. Il est presque impossible de gouverner les îles occidentales. Si tu veux mon avis, ils sont toujours plus Irlandais que Scots.

Une prostituée éclata de rire dans l'auberge, attirant l'attention d'Aidan.

— Je pense qu'elle a simplement perdu la tête.

Ignorant les préludes érotiques de l'autre côté de la pièce, Keane tenta de rassurer son frère :

— Sorcha a une parfaite maîtrise de ses sens, sinon de son tempérament. Il *doit* donc y avoir une raison.

— Oui, mais laquelle ?

Keane haussa les épaules. Il souhaitait pourtant en dire plus. Il voulait révéler à son frère et laird ce qu'il soupçonnait à propos d'Una. Mais il savait que ses paroles seraient reçues avec scepticisme. Il semblait en effet impossible qu'Una ait pu survivre à l'effondrement de leur montagne. De plus, Jaime Steorling n'avait pas connaissance des secrets qu'ils y avaient gardés. La véritable pierre du destin n'était *pas* à Scone. Elle était enterrée une lieue sous leur montagne, avec Una et sa grotte. Et en dépit de la confiance que Lael avait en son époux, elle avait tenu sa promesse envers les siens et n'avait parlé à personne de la relique qu'ils avaient gardée là pendant des années. Néanmoins... Keane avait une intuition... dont il ne pouvait se défaire. Il avait appris à connaître Sorcha lors de ses récentes visites dans le comté de Moray. Il était en fait chagriné d'admettre que ces dernières rencontres à Dunràth avaient été nécessaires pour mieux connaître sa sœur. Elle avait toujours été si agréable, encourageante et généreuse. Elle ne disait jamais de mal de personne. Avant ce temps, Keane pouvait compter sur les doigts de la main les fois où il avait conversé avec elle. C'était aberrant, sans nul doute. Cela l'incita à reconsidérer les relations qu'il avait entretenues avec chacune de ses sœurs, pas seulement Sorcha. Maintenant qu'elles avaient toutes quitté la vallée pour mener leurs propres vies, rien ne serait jamais pareil. Et dire qu'ils avaient tenu tant de choses pour acquises ! Ils oublieraient bientôt ces jours perdus depuis longtemps en élevant leurs propres enfants. Lui et Cailin avaient été les plus proches autrefois, mais il ne l'avait pas vue depuis des années. Quant à Sorcha, Keane avait tellement espéré qu'elle s'intéresserait à Graeme et que les deux s'installeraient à Dunràth. Mais à sa grande surprise, elle ne s'était pas rendue à Dunràth lorsqu'elle avait quitté leur vallée. Keane ne comprenait pas pourquoi. Ou plutôt, si, mais ce n'était pas quelque chose qu'il pouvait expliquer, pas devant Jaime. Keane avait rencontré pas moins de vingt pèlerins en route vers Rònaigh et il avait une forte intuition qu'ils devraient commencer par là.

— Eh bien, dit-il en oubliant Una pour le moment, j'ai l'impression qu'elle suit cette étoile.

— Comme tous ces gens ? demanda Jaime en grimaçant.

— Oui.

Aidan fronça les sourcils.

— Tu crois qu'elle est tellement dépitée qu'elle serait prête à accepter la main d'un prétendant, sans même prendre la peine de me consulter ?

En vieillissant, Aidan semblait parfois se reprocher tous les désaccords qui s'étaient élevés entre eux au fil des années. Keane réalisa que la fierté de son frère était piquée au vif.

— Je pense en effet qu'elle est en colère, Aidan. Et je ne crois pas qu'elle souhaite qu'on la retrouve. Mais, non, je n'imagine pas notre petite sœur acceptant la première offre de mariage reçue. D'autant qu'elle comprend bien les implications politiques, particulièrement maintenant que David est si près d'unir les clans. En colère ou non, Sorcha ne forgerait pas d'alliances sans ton consentement. Et elle ne révélerait pas son identité, ni l'existence de notre vallée, si aisément. Par conséquent, quel homme se serait proposé si vite ?

— Parbleu ! Tu es aveugle à la beauté de ta sœur ! avança Jaime. Il n'y a pas un seul homme dans toute la chrétienté, jeune ou vieux, qui ne convoiterait Sorcha, sinon pour l'épouser, du moins pour cou...

Aidan interrompit son beau-frère d'un regard noir.

— Ne dis pas ça, l'avertit-il. Je n'accepterai pas que ma sœur devienne la maîtresse de qui que ce soit.

Il jeta de nouveau un coup d'œil à la courtisane, avec une grimace de mécontentement.

Keane croisa les bras et attendit que son frère se retourne vers lui.

— La vérité, Aidan, est que nous avons peut-être perdu notre droit de dire quoi que ce soit sur l'avenir de Sorcha et sur ses loyautés. Tu ferais bien d'espérer qu'elle ne se soumette pas maintenant aux désirs de Padruig.

— Non. Le vaurien la cherche toujours, intervint Jaime.

— Mais pour combien de temps ? demanda Aidan. Il finira par la trouver.

Jaime opina de la tête.

— C'est certain. Ce que nous avons découvert, il l'apprendra d'ici peu. Quelqu'un a lancé cette rumeur, et maintenant qu'elle a été mille fois répétée ou plus, il n'y aurait pas assez d'or dans toute la Scotia pour empêcher les gens de jaser.

— Eh bien alors... on ferait mieux de se dépêcher et de se rendre à Rònaigh, suggéra Keane.

Aidan se leva.

— Tu as raison, dit-il à Keane. Toi, ordonna-t-il, comme si rien n'avait changé entre eux, comme si

Keane n'était pas le laird de son propre domaine, viens avec moi !

Puis il se tourna vers Jaime. Keane fut soulagé d'entendre que son frère aîné ne parlait guère différemment à son beau-frère :

— Et toi, lui commanda-t-il avec toute la déférence d'un roi, veille à ce que David apprenne que nous avons pris la mer vers l'ouest.

Aidan avait dit *David*, pas *le roi David*, malgré le fait qu'il envisageait de combattre à ses côtés. Le bref interlude de paix que David avait négocié en Northumbrie touchait à sa fin, et Aidan voyait finalement l'intérêt de se rallier à la Couronne. Mais s'agenouiller devant David était une tout autre histoire.

Keane et Jaime se levèrent en même temps de leurs bancs. Jaime prit ses gants de mailles de la table et glissa dedans ses mains vieillissantes pleines de cicatrices. Contrairement à Aidan, qui évitait la politique et la guerre, le Boucher du roi David avait vu plus que sa part. Keane lui donna une dernière accolade et une tape ferme dans le dos.

— Bon vent, mon ami ! dit-il. En espérant te revoir bientôt.

— Bonne chance, répondit Jaime.

— Que la route s'ouvre devant toi ! lança Aidan.

Ils quittèrent l'auberge et se séparèrent.

&

DEUX JOURS seulement après l'arrivée de Sorcha, le donjon de Dunrònaigh était déjà établi dans une nouvelle routine. Le laird avait entièrement abandonné son lit de malade.

Caden Mac Swein revenait petit à petit à son état d'esprit précédent d'après Alec, en apparence du moins. Il avait beaucoup plus d'assurance et, de plus en plus souvent, au lieu d'aller s'allonger avec une pinte de bière, il siégeait sur le fauteuil du laird pour présider au jugement des affaires de son peuple. Il se déplaçait beaucoup plus facilement grâce à un bâton flambant neuf offert par son intendant, un homme âgé du nom d'Afric. Mais Sorcha avait remarqué qu'il le tenait plus comme une arme quand il ne s'en servait pas pour tâtonner le sol devant lui. Sorcha lui avait appris à écouter, pas seulement à entendre, et à voir avec le bout de ses doigts. Ils passaient toutes leurs journées ensemble, sauf lorsqu'elle travaillait à ses teintures. Ils se promenaient parfois dans la prairie lorsqu'elle allait y chercher des herbes. Elle devait alors le prendre par le bras pour qu'il manie son bâton avec plus de délicatesse.

— Non ! s'écriait-elle tous les deux ou trois pas parce qu'il abîmait les plantes avec son bâton avant qu'elle ne puisse les cueillir.

Pour sûr, elle n'avait jamais vu une telle abondance d'herbes, pas même dans son jardin à Dubhtolargg où elle en faisait pousser une grande quantité. En plus du *ruagaire deamhan*, de l'achillée, du chardon-Marie et de la partenelle, Sorcha découvrit de la lavande, de la camomille, de la menthe et du marrube blanc. Quand viendrait le moment de quitter cette île, sa sacoche serait pleine. Quant à Caden, eh bien... Sorcha l'aimait beaucoup. Il était drôle et gentil et riait souvent de lui-même. Tous les enfants l'aimaient. Ses gens également. Elle se surprenait parfois à imaginer ce que pourrait être sa vie ici...

Un après-midi, Caden était couché dans l'herbe à lézarder au soleil. Sorcha était assise à côté de lui et regardait Liusaidh et Diabhal gambader. Elle venait juste de lui masser les bras et les jambes, car il lui avait dit qu'ils lui faisaient mal depuis qu'il avait perdu la vue. Sorcha cueillit un bouton-d'or et se mit à l'effeuiller.

— Il m'aime, dit-elle, avant de défaire un second pétale. Il ne m'aime pas.

Caden fronça les sourcils. Il replia un bras derrière sa tête et ferma les yeux pour se reposer un peu. Après un instant, il lui demanda :

— Dites-moi, qui est ce *il* ?

— Quelqu'un, avança-t-elle prudemment. Quelqu'un qui ne sait pas combien il est aimé.

Elle se demanda s'il comprenait qu'elle parlait de lui. À chaque fois qu'elle était seule pendant un moment, les gens la pressaient de questions. *Va-t-il recouvrer la vue ? Est-il de bonne humeur ? Se rend-il compte que vous avez mis Diabhal en liberté ? Pouvez-vous lui donner un message de ma part ?* Et ce qu'elle préférait entre tout : *S'il vous plaît, dites à Caden qu'il se remette vite, parce qu'Alec est une lavette.*

— S'il ne sait pas qu'on l'aime, à qui la faute ?

— Ah, je vois ce que vous voulez dire, reconnut Sorcha. C'est vrai, confirma-t-elle en opinant de la tête, l'air posé. Mais aussi, il est assez têtu.

Elle aurait pu dire qu'il était aveugle, sans faire du tout référence à sa cécité, mais elle en aurait trop dit et il l'aurait sans doute mal interprété.

Caden Mac Swein avait non seulement perdu la vue, mais il était également indubitablement aveugle à tout ce qu'il possédait. Il se concentrait bien trop sur tout ce qu'il avait perdu. Et Sorcha était certaine qu'il n'avait même pas remarqué qu'elle fleuretait avec lui.

— Alors, vous avez laissé un homme, là d'où vous venez ? insista-t-il, son beau visage tendu, les lèvres serrées.

— Euh... eh bien... oui, il y avait quelqu'un, admit Sorcha.

Ce n'était pas tout à fait vrai. Graeme n'était rien de plus qu'une bluette, et un ami. Ils ne s'étaient jamais trouvés seuls ensemble. Et en vérité, même s'il était gentil avec elle, elle avait souvent l'impression que toutes les épreuves qu'il avait endurées l'avaient rendu insensible. Le frère de Lianae avait été capturé et enfermé dans une cellule froide et humide pendant des années, jusqu'à ce que Lianae le libère. Dans cette cellule, il avait vu son jeune frère mourir. Il souffrait du souvenir de tous ceux qu'il avait perdus : sa mère, son père, une sœur, et pour finir, un frère qui avait juré fidélité au nouveau comte de Moray.

— C'est de cet homme-là que vous parlez ?

Sorcha ne répondit pas.

Quoi qu'elle ait ressenti pour le frère de Lianae, c'était très différent de ce qu'elle commençait à éprouver à l'égard de Caden. Grâce à Graeme, Sorcha avait un peu plus confiance en elle, mais il n'avait jamais fait tambouriner son cœur comme le faisait Caden.

Allongé sur l'herbe, avec ses joues roses, Caden Mac Swein ne ressemblait à aucun homme de sa connaissance. C'était tout le contraire de ses frères. Même son teint était différent. Mais il était beau, avec sa large mâchoire et son nez légèrement trop gros qui lui allait pourtant bien.

— Lui avez-vous déjà frictionné tout le corps comme vous le faites pour moi ? demanda-t-il d'un ton amer.

Sorcha sursauta. Elle était autant gênée que surprise par la question. Comme si elle avait l'habitude de *frictionner* des étrangers. Caden pouvait effectivement le penser, car il ne savait pas comment elle se conduisait habituellement.

— Caden Mac Swein, ce traitement est strictement médical !

Malgré le ton courroucé sur lequel elle lui avait répondu, l'expression sur le visage de Caden était si comique que Sorcha ne put s'empêcher de rire. Elle n'avait cependant pas anticipé sa réaction. Il se redressa tout à coup et se pencha pour saisir son bâton, maugréant quand Sorcha le lui tendit.

— Eh bien, vous feriez bien de retourner là d'où vous venez, lança-t-il.

Puis il partit d'un pas raide, frappant l'herbe de son bâton. Sorcha grimaça quand il coupa la tête d'une marguerite.

— Je n'ai besoin ni de votre pitié ni de votre aide ! poursuivit-il en s'éloignant.

Sorcha n'avait aucune idée de ce qui avait pu le mettre en colère. Une minute ils profitaient ensemble du soleil, et la minute suivante il se comportait comme un enfant gâté, s'éloignant prestement en coupant la tête des fleurs.

Afin de lui laisser le temps de se calmer, Sorcha évita Caden le reste de la journée. Le lendemain matin, son accès de fureur était oublié, du moins de son côté à elle. Enthousiaste, car les fleurs de *ruagaire deamhan* étaient sèches et prêtes, elle commença ses préparations. Elle mit des fleurs dans des pots, puis remplit chaque récipient avec deux tiers d'eau et un tiers de vinaigre afin d'obtenir l'acidité nécessaire pour préparer son remède.

Une fois les pots pleins, elle voulut les sortir pour les faire chauffer au soleil, mais elle ne pouvait pas les transporter toute seule. Elle se mit donc à la recherche de Caden. Elle le trouva dans la grande salle, en train d'ordonner le nettoyage des joncs. Elle écouta tandis qu'il se fiait à son nez, fier, malgré son irascibilité.

— Ces joncs auraient dû être lavés il y a des mois, dit-il à Moira. Si tu ne peux pas balayer à cause de tes vieux os, demande à ta fille de le faire.

Les oreilles de Caden lui indiquèrent que la femme n'avait pas bougé.

— Maintenant ! exigea-t-il sur un ton sec.

— Oui, mon laird ! dit Moira en se dépêchant de lui obéir.

— Attends ! l'arrêta-t-il. Quelle est cette odeur ?

— C'est le poisson d'hier soir, mon laird.

— *As ucht Dé !* Comment quelqu'un peut-il supporter ça ? Fais nettoyer les tables ! Personne ne soupera tant qu'elles ne seront pas lavées, et tu peux aller dire ça à tous les enfants affamés.

— Oui, mon laird, dit la femme avant de s'éloigner.

Depuis des mois, ces gens avaient été laissés à eux-mêmes, sans aucune guidance. Sorcha réalisa instantanément que, quel que soit le degré de loyauté d'un peuple, ses membres ne feraient que ce que l'on attendait d'eux. Caden Mac Swein n'avait rien exigé depuis bien trop longtemps. Elle détestait cependant le voir si amer, et pour quelle raison ? Elle avait simplement voulu le flatter. Dans l'espoir de l'égayer, Sorcha traversa la salle, émerveillée des changements en cours. À ce rythme-là, tout le donjon serait débarrassé de ses toiles d'araignée et entièrement balayé avant le festival de mai. On avait ôté les volets et toutes les fenêtres étaient ouvertes à la brise.

Dehors, le soleil était chaud. On ne pouvait pas se douter que la mer était toujours aussi houleuse. À la vue des flots qui se soulevaient avec fureur, Sorcha se sentit reconnaissante qu'ils l'aient endormie pour le voyage. Elle était certaine qu'elle n'aurait pas du tout apprécié la traversée. Et elle avait de moins en moins hâte d'effectuer la prochaine, pour des raisons qui n'avaient cependant rien à voir avec la mer en furie.

Mais ce n'était pas le moment de penser à cela. Pour l'instant, elle avait besoin de l'aide de Caden pour transporter les pots dehors. Aveugle ou non, elle voulait que ce soit lui qui le fasse.

— Mon laird, un moment de votre temps, s'il vous plaît, le supplia-t-elle.

Caden croisa les bras et se tourna vers le son de sa voix.

— Pourquoi ? Vos remèdes vous ennuient déjà ?

Sorcha rougit, soulagée qu'il ne puisse la voir.

— En fait, non. Mais j'ai besoin de quelqu'un de fort pour m'aider à transporter mes pots dehors.

— Eh bien, demandez donc à l'homme que vous avez quitté, répondit-il, irrité.

Sorcha se rendit soudain compte qu'il devait être jaloux. Juste sous son nez, l'homme croisa les bras et bomba le torse, comme si une ronce lui avait piqué le derrière. Néanmoins, Sorcha osa le prendre par la main, car il était impossible d'assister un homme sans le toucher. Maintenant qu'elle l'avait aidé à se baigner et à s'habiller, et parfois à manger, elle s'approchait de lui avec l'aisance d'une mère envers son enfant, ce qu'il n'était pas pour elle, bien entendu. Mais cette fois, il refusa. Il resta immobile, les bras croisés.

— Si je vous aidais avec vos pots, quel paiement me donneriez-vous ? J'ai entendu dire que je possède déjà votre stupide jument.

Sorcha fronça les sourcils.

— Non, vous ne possédez *pas* ma jument ! rétorqua-t-elle.

Elle croisa à son tour les bras, parfaitement consciente que les serviteurs se rassemblaient pour les observer. Bess et Alec étaient ensemble, leurs visages très rapprochés, les observant depuis un recoin de la salle.

— Liusaidh m'appartient, insista-t-elle. Et quand je partirai, je la prendrai avec moi. Au cas où vous l'auriez oublié, votre capitaine ne m'a pas conduite où je voulais aller ! Je suis ici simplement parce qu'ils m'ont kidnappée et m'ont suppliée de m'occuper de vous, espèce d'ingrat ! ajouta-t-elle en élevant un peu la voix, pour être sûre qu'Alec l'entende.

— Ah oui ? reprit Caden d'un ton sévère. Et puisque vous avez osé la laisser gambader en liberté avec *mon* Diabhal, qu'allez-vous faire si *votre jument* se retrouve pleine, Sorcha ? Voudriez-vous risquer sa vie et celle de son poulain sur une mer courroucée ?

Sorcha cligna des yeux. Elle n'avait même pas envisagé cette possibilité, pas dans le laps de temps qu'elle comptait passer ici. La plupart des chevaux étaient comme les gens, il leur fallait un certain temps pour commencer à se faire l'un à l'autre. En fait, dans leur vallée, certains chevaux avaient vécu ensemble pendant des années avant de se rapprocher. Bien avant que quelque chose de la sorte ne se produise, Sorcha serait partie. C'était son intention.

Cependant, maintenant qu'il l'avait mentionné, elle était inquiète. Parce qu'en effet, si les chevaux étaient comme les gens... inexplicablement, elle commençait déjà à s'attacher à ce gigantesque idiot qui se tenait devant elle. Elle cligna des yeux, ne sachant trop quoi répondre. En vérité, si Liusaidh devenait pleine, Sorcha pourrait être forcée de la laisser là. De toute façon, pour le moment, elle ne pouvait pas s'imaginer retourner dans la vallée. Sorcha n'avait aucune idée de ce qu'elle ferait après avoir retrouvé Una. Elle n'avait rien planifié au-delà de leur rencontre. Et soudain, elle se rendit compte qu'elle était sans attaches.

Caden lui tourna le dos.

— Je n'offre pas mes services pour rien.

— Grossier personnage ! rétorqua Sorcha en se rapprochant de lui. J'aurais pensé que vous les offririez pour le service que moi je vous rends !

Il dirigea brusquement ses yeux bleus brillants vers elle. Pendant un instant maladroit et dérangeant, Sorcha eut du mal à croire qu'il ne pouvait pas la voir.

— Comme nous l'avons déjà établi, vous obliger à me servir n'était pas de mon fait, Sorcha. Vous avez conclu ce marché avec Alec, qui d'ailleurs pourrait vous aider mieux que moi, car lui ne risque pas de tomber sur son derrière et de briser vos précieux pots.

— Ah, eh bien... c'est à *vous* que je l'ai demandé, insista Sorcha.

Par Dieu, elle avait bien l'intention de l'obliger à le faire. Elle voulait lui prouver qu'il était parfaitement capable d'accomplir cela et bien plus encore. De toute façon, s'il tombait, elle soupçonnait qu'il pourrait recouvrer la vue. Il n'était pas vraiment aveugle, Sorcha en était convaincue, pas au sens propre du terme. Et s'il se retrouvait bel et bien le nez par terre, un peu plus d'humilité lui ferait grand bien.

— Eh bien, reprit-il d'une voix plus douce, un peu menaçante. Dans ce cas, le paiement que j'exige est de voir votre visage.

Un instant, Sorcha se méprit sur sa question. Les mains sur les hanches, elle lui lança un regard noir.

— Vous pouvez voir mon visage ?

— Bien sûr que non ! Mes mains verront ce que mes yeux ne peuvent pas voir. N'est-ce pas vous qui m'avez appris cela ?

CADEN EN AVAIT ASSEZ des spéculations.

Il voulait maintenant *savoir* à quoi ressemblait son bourreau. Il passait la moitié de la journée dans un état de semi-excitation, et chaque fois que la femme lui parlait sur un certain ton ou lui touchait la main, une tente se formait sous son *breacan*, un simple fait qu'elle avait dû remarquer. Pourtant, elle semblait ignorer l'effet qu'elle avait sur lui.

Et, oui, il l'admettait, la pensée qu'elle aime un autre homme l'avait rendu parfaitement furieux. Il avait certes mauvais caractère. Mais une partie de lui voulait qu'elle sache ce qu'elle lui faisait, jour après jour, à sentir si bon. La nuit, ses petits cris manquaient de causer sa perte. Il était impossible de savoir si elle gémissait de peur ou si, dans ses rêves, elle faisait l'amour à un autre homme. Quelle qu'en soit la raison, il désirait aller vers elle et la prendre dans ses bras pour lui faire oublier.

— Vous voulez me voir... avec vos mains ?

Le son de sa voix trahit sa perplexité, comme si l'idée ne lui avait jamais traversé l'esprit. Caden, lui, avait été quasiment incapable de penser à quoi que ce soit d'autre depuis qu'elle lui avait montré comment voir avec ses doigts. Parbleu, il se fichait du nombre de fossettes dans une fichue prune ! De jour en jour, il regrettait amèrement de ne pas avoir profité de ce premier jour, où elle était allongée si tranquillement à côté de lui, pour au moins lui toucher le visage.

Sacré Alec, qui se mêlait toujours de ce qui ne le regardait pas !

Caden voulait si désespérément embrasser Sorcha que son désir avait le goût d'une potion amère. Il laissait sa bouche chaude et sèche. Et s'il semblait en colère contre les serviteurs, ce n'était pas du tout le cas. C'était plutôt contre lui-même qu'il était agacé, à cause de son incapacité à penser à autre chose qu'à elle.

Ce premier jour, et chaque jour depuis, il était sorti de son lit seulement pour lui faire plaisir. Après avoir senti l'odeur de saleté dans sa maison, il s'était enfin rendu compte qu'il avait abandonné son peuple depuis trop longtemps. Mais au commencement, il avait réagi uniquement pour Sorcha. Pour qu'elle soit contente de lui. Pour qu'elle fasse son éloge. Pour qu'elle rie et lui raconte plus d'histoires sur les enfants. Sur son cheval. Sur cette femme du nom d'Una.

Par tous les saints, il avait bien envie de la garder et de l'empêcher de partir pour l'île de Skye. Ce n'était pas vraiment un enlèvement s'il lui donnait la permission de partir. Après tout, ce n'était pas lui qui l'avait amenée ici. Néanmoins, il n'était pas obligé de lui permettre d'utiliser ses bateaux et elle ne pouvait certainement pas voler.

Pour la première fois de sa vie, il se trouvait si obsédé par une femme qu'il n'arrivait même pas à attacher son pantalon. La raison pour laquelle il souhaitait savoir une fois pour toutes à quoi elle ressemblait était peut-être son espoir d'être révulsé par son toucher, afin de cesser enfin de l'imaginer couchée sous lui. Ses jambes, longues et fines, enveloppées autour de sa taille. Sa langue, douce et rose, accueillant sa bouche. Ses seins, larges et rebondis, avides de son toucher. Son vit s'agita de nouveau, et il craignit qu'elle ne le rende fou.

Après ce premier jour, elle s'était installée dans son antichambre. Tous les soirs, Caden devait prendre sur lui pour ne pas sortir de son lit, autant pour lui que pour elle. Car si elle s'avérait vierge et si sa semence grandissait en elle, il ne serait plus disposé à la voir partir. Et de façon absurde, non qu'il se soucie vraiment de garder un fichu poulain, il avait commencé à s'apitoyer sur le sort de Diabhal, qui risquait de perdre la compagnie de sa jument. Il ne souhaitait pas du tout que cela arrive. Pour l'instant, il soupçonnait que tous – Alec et Moira, et Bessie, et Afric – les espionnaient. Il ne pouvait certes pas les voir, mais pour sûr, il les sentait et les entendait ricaner derrière son dos comme des gosses.

— Alors, vous souhaitez *toucher* mon visage ? redemanda Sorcha, perplexe.

— Oui, mademoiselle... en guise de paiement pour le déplacement de vos fichus pots au soleil.

— Alors... reprit-elle, semblant réfléchir à sa demande.

La simple idée qu'elle puisse le lui permettre l'excita de nouveau.

— ... je suppose que je peux les déplacer par moi-même, dit-elle en grommelant.

Caden sentit qu'elle était peut-être réticente. *Mais pourquoi ?*

— Avez-vous quelque chose à cacher ? lui lança-t-il sur un ton de défi.

— Bien sûr que non ! Quelle différence mon apparence pourrait-elle faire, Caden Mac Swein ?

Il aimait la manière dont elle prononçait son nom, comme si c'était une appellation spéciale.

— Aucune. Néanmoins, Sorcha...

Il se rendit compte qu'il ne connaissait même pas le nom de ses parents.

— ... je déplacerai autant de pots que vous voudrez, aussi longtemps que vous voudrez, si vous me permettez un instant de voir votre visage.

— Un instant seulement ?

— Oui.

— Eh bien... je suppose que... c'est d'accord.

Avant qu'elle n'ait le temps de changer d'avis, Caden s'avança rapidement dans la direction de sa voix.

CHAPITRE 11

Caden saisit Sorcha par la main, la surprenant par la précision de sa manœuvre. Puis, frappant la pointe de son bâton contre la pierre de manière vindicative, il la conduisit sans hésiter vers une alcôve, entre les salles. Là, il la positionna doucement contre un mur, la serrant gentiment par les bras. Puis il se redressa et laissa tomber son bâton. Il fit un bruit terrible en heurtant le sol, et si Caden le remarqua, il ne laissa rien paraître. Ses yeux bleus regardaient fixement devant lui.

Que pouvait-on ressentir sous son regard ? Sorcha aimerait tant percer les secrets cachés derrière ses yeux…

— Eh bien ?

— Eh bien…

— Vous allez le faire ?

— Bientôt.

Sorcha mourait d'impatience. Jamais de sa vie n'avait-elle osé envisager ce que cela impliquait d'être jugée sur son apparence. Elle n'était pas idiote. Elle savait ce que faisait Caden et précisément *pourquoi* il le faisait. Elle n'avait pas non plus manqué de remarquer ses fréquents… élans. Comment le pourrait-elle ? Il était particulièrement bien doté. Et si elle n'avait pas été vierge ou si elle n'avait pas eu si peur de... *de quoi ? De le quitter ?* Eh bien, elle aurait bien pu traverser sa propre chambre pour aller dans celle de Caden et se diriger directement vers son lit...

Et puis quoi ?

Sorcha n'avait bien entendu jamais couché avec un homme auparavant, bien que son peuple n'ait pas l'esprit étroit. Ils étaient libres d'aimer à leur guise. Le simple fait qu'elle n'ait pas encore connu d'homme témoignait plus de son manque d'intérêt pour les hommes qui vivaient dans la vallée.

À cet instant, quand bien même cela compliquerait les choses, elle désirait Caden Mac Swein avec une intensité dont elle n'avait pas eu conscience auparavant. Et s'il s'avérait qu'il la désirait lui aussi, eh bien... elle se trouverait face à un dilemme.

Contrariée, car elle pouvait entendre sa propre respiration haletante, elle attendait impatiemment que Caden exige son « paiement ». Une partie d'elle craignait de s'attarder, mais la plus grande partie le souhaitait, car elle voulait désespérément que Caden la voie et la trouve attirante.

Il se rapprocha enfin, jusqu'à ce que Sorcha sente aussi le cœur de Caden battre la chamade. Puis le rythme de sa respiration s'harmonisa au sien.

Et soudain, il leva une main pour la toucher. Il la tint à un cheveu de son visage, mais elle pouvait sentir la chaleur émaner de sa paume.

— Qui êtes-vous ? murmura-t-il avec ardeur.

Sorcha se rendit compte qu'il la connaissait à peine, malgré toutes ses petites histoires. Et à quoi bon lui en dire plus, puisqu'elle serait obligée de le quitter ?

La main de Caden s'attarda... Ils étaient si différents, et pourtant si proches.

— Je m'appelle Sorcha... Sorcha dún Scoti, dit-elle. Je suis née et j'ai grandi à Dubhtolargg.

En entendant cela, il fronça les sourcils, comme s'il essayait de déchiffrer exactement ce qu'elle avait dit. Néanmoins, nullement découragé, il posa une main sur sa joue, la laissant juste assez longtemps pour que le cœur de Sorcha s'emballe.

Elle s'était changée et avait revêtu sa propre robe. La laine était douce, elle le savait. Elle ferma les yeux tandis qu'il levait son autre main, effleurant le tissu de sa manche, pour venir la poser également sur son visage. Puis ses mains se mirent finalement à parcourir son visage, très doucement, en traçant les contours, comme si ses doigts avaient des yeux pour voir. Malgré les battements accélérés de son cœur, Sorcha se tenait patiemment immobile pendant qu'il explorait chaque centimètre de son visage. Il suivit le contour de son nez de ses deux mains. Puis il toucha ses oreilles. Sorcha ressentit des picotements sur sa nuque. Ses genoux faiblirent. Il passa ses mains dans ses cheveux, pour en deviner la longueur. Enfin, il revint à son visage et traça ses sourcils du doigt, avant de glisser sa main gauche derrière son cou. Les mamelons de Sorcha se pressèrent contre sa robe, jusqu'à ce qu'elle les sente durcir. Pouvait-il aussi le sentir ? Comme s'il avait l'intention de l'embrasser, il se pencha un peu plus, si près qu'elle sentit la chaleur de son souffle.

— Merci, Sorcha dún Scoti, lui dit-il.

Et c'était fini.

Bess et Alec les observaient depuis un recoin. Le visage de Sorcha s'échauffa. Leurs regards étaient empreints d'émerveillement et d'attente. Caden se recula et se pencha pour récupérer son bâton, avec bien trop d'aisance, puis il la laissa seule, à se demander à quoi il pouvait bien penser.

Elle vit Alec et Beth se regarder d'un air perplexe lorsque Caden s'éloigna, puis les deux firent profil bas.

— Allons mettre vos pots au soleil, déclara Caden, frappant de nouveau son bâton vindicativement contre le sol et les murs environnants.

La colère bouillonnait en Sorcha, car elle avait l'impression d'avoir passé un test et d'avoir été jugée déficiente. Par la Cailleach, elle avait envie de sortir et de casser tous ces fichus pots.

❧

Les jours s'écoulèrent après que Caden eut demandé à « voir » le visage de Sorcha. Apparemment, il n'était pas satisfait de ce qu'il avait découvert. À présent, à moins qu'elle ne soit en train de lui appliquer ses teintures ou de lui servir du thé, il ne la tolérait plus près de lui. Elle avait presque envie de lui faire avaler une lichette de genièvre pour qu'il se sente aussi mal qu'elle. Elle se dit que c'était peut-être dans sa tête, mais chaque fois qu'elle l'examinait, il trouvait une excuse ridicule pour s'enfuir de la chambre, comme si elle le dégoûtait.

Sorcha détestait se l'avouer, mais la pensée qu'il la méprise l'attristait beaucoup plus qu'elle ne le devrait. Pourquoi avait-elle tant *besoin* qu'il la désire ? *Simplement parce qu'il en avait toujours eu l'air ?* Sorcha était loin d'être une ogresse. Graeme ne l'avait-il pas souvent complimentée sur sa beauté ?

Par ailleurs, elle ressemblait à Lìli. Aidan et presque tous les hommes ayant posé les yeux sur sa sœur avaient affirmé que Lìli était la plus belle femme de toute la création. Par déduction, cela *devait* signifier que Sorcha *devait* être un minimum attirante, non ?

Malgré tout, et malgré son handicap visuel, Caden semblait renouer avec sa véritable nature. Il reprenait le contrôle du domaine et participait à la planification du

138

festival de mai qui devait avoir lieu dans moins de deux semaines.

Sorcha commençait pourtant à regretter l'ancien Caden. Néanmoins, il était toujours aveugle, malgré ses soupçons croissants. Alec avait grande foi en elle. Pourtant, moins de quinze jours avant qu'elle ne soit obligée de partir, Sorcha n'avait toujours pas restauré la vue de Caden. Elle ne savait plus quoi essayer.

— Il reste cinq sacs d'orge, annonça Afric, arrêtant Caden avant qu'il ne quitte la grande salle. Voulez-vous que je les donne *tous* à Bess ou dois-je en proposer au brasseur ?

— Quatre au brasseur, un à Bess, décréta Caden sans hésiter.

Bien qu'il ne pût voir le visage de Bess, les yeux de la femme s'illuminèrent. Elle applaudit la nouvelle comme une enfant heureuse et s'éloigna en courant, tout à fait satisfaite de l'ordre du laird. Elle n'en était pas fière, mais Sorcha les observait par la porte de son atelier. L'atelier qu'elle serait également obligée d'abandonner.

C'était une pilule amère à avaler.

Non seulement devrait-elle laisser le seul homme dont elle s'était sentie proche, mais elle devrait aussi quitter l'atelier qu'elle avait toujours rêvé d'avoir. Elle ne savait pas au juste ce qui l'affectait le plus. Certes, elle pourrait trouver un atelier ailleurs. Mais elle était certaine de ne jamais retrouver un homme comme Caden. À vingt-quatre ans, elle avait depuis longtemps passé l'âge de se marier. Si elle ne saisissait pas cette chance, si elle partait, elle ne retrouverait sans doute jamais une autre occasion d'épouser un homme qui lui plaisait. Il n'avait cependant pas dit qu'il voulait l'épouser. En fait, il lui avait à peine parlé. Mais même si elle ne pouvait pas affirmer éprouver de l'amour pour lui à ce stade, il lui plaisait tellement que l'idée de le quitter la faisait souffrir.

Compte tenu de tout cela, et plus encore, elle avait travaillé tout l'après-midi à une autre décoction d'herbes, et rien ne semblait marcher. L'humeur de Caden était exécrable. Et maintenant, celle de Sorcha l'était également.

Peut-être avait-elle commis une erreur ? Le garçon qui lui avait donné cette fleur l'avait-il prise pour une autre ? *Biera n'était peut-être pas Una ?* Et pire encore, il n'y avait peut-être rien que Sorcha puisse faire pour restaurer la vue de Caden.

Ou pour gagner son cœur.

En attendant, elle laissait ses propres sentiments l'aveugler. Ces gens lui tenaient de plus en plus à cœur, pas seulement Caden. Elle commençait à connaître les enfants et elle discutait plus souvent avec Bessie qu'elle ne l'avait jamais fait avec ses sœurs. Et ces gens s'intéressaient davantage à Sorcha qu'aucun membre de son peuple auparavant. À Dubhtolargg, chacun vaquait à ses propres occupations. Maintenant que Sorcha y repensait, elle se rendait compte qu'elle n'avait jamais eu un véritable rôle à jouer. Elle était juste Sorcha, la petite dernière. Sorcha, toujours derrière quelqu'un. Sorcha, l'apprentie.

Tout le monde l'adorait, certes, mais ils étaient bien trop occupés pour s'intéresser à elle. La triste vérité était que, sans Una dans la vallée, Sorcha s'était sentie seule. Mais durant la brève période où elle et Caden avaient été amis, ce sentiment s'était estompé. Si elle retournait dans la vallée, elle y mènerait sa vie exactement comme avant, au service des siens, pour une maigre récompense, car ils n'avaient pas besoin d'elle. Contrairement à ces gens ici.

Hélas, devrait-elle simplement se contenter de voir Graeme en rendant visite à son frère et à Lianae dans le comté de Moray pour sentir son cœur battre plus fort ? Une sensation qui d'ailleurs n'était pas du tout comparable à celle qu'elle éprouvait en présence de Caden.

Perplexe et déconcertée, Sorcha sortit prendre un peu l'air. Mais elle continua à marcher, vers l'endroit où elle savait que Liusaidh aimait paître. Arrivée à mi-coteau, elle aperçut les deux chevaux se frottant mutuellement les naseaux. Diabhal posa sa tête noire sur le derrière blanc immaculé de la jument, et en un instant, ils se tournèrent le dos et se mirent à danser en cercle. Sorcha connaissait cette danse d'accouplement. Elle s'immobilisa, les observant avec une horreur croissante, tandis que Diabhal se plaçait derrière sa jument conciliante, poussant ses naseaux entre ses jambes. Puis, devant ses yeux, l'étalon se cabra. Sa douce et belle pouliche ne fit rien pour le dissuader. Elle lui avait permis de la renifler, puis lui avait présenté son derrière ! Horrifiée, Sorcha se retourna brusquement et s'éloigna, en grande partie parce qu'elle réalisa que... les chevaux étaient *exactement* comme les gens.

CHAPITRE 12

— À quoi diable pensais-tu, Alec ? Ce n'est *pas du tout* une servante ! C'est la fille d'un noble !

Sans oublier que, pour autant que Caden puisse en juger, elle était également jeune et charmante. Alec les avait entraînés dans un sacré pétrin. Et surtout, Caden était de plus en plus attaché à la jeune femme, mais il n'aurait pas le choix quant à l'issue de cette histoire. Elle allait lui être arrachée, aussi rapidement et abruptement que la tête du jeune Davie.

— N'as-tu donc aucun bon sens ?

Ils se trouvaient dans un coin de l'entrepôt, à ranger les sacs selon leur utilisation. Alec lui donnait des ordres comme à un simplet :

— Celui-là, ici. Avance de quatre pas. Contre le mur.

Caden se sentait comme un laquais, tout juste bon à transporter des choses. Mais ce n'était pas ce qui l'agaçait le plus. Il avait réussi à garder toutes ses questions, et toute sa furie, pour le moment où il se trouverait seul avec Alec.

— Cette vieille femme...

Caden l'interrompit :

— Depuis quand écoutes-tu les vieilles biques ?

Alec se gratta la tête. Caden l'entendit et sut exactement ce que signifiait son geste. Alec était tendu. C'était un geste révélateur. Caden n'avait pas besoin de le voir de ses yeux pour le reconnaître.

— Eh bien, mon laird, comme c'était la première à s'aventurer par ici, répliqua Alec, j'ai fait de mon mieux. Et on ne sait jamais, cette femme est arrivée *sans* bateau. Expliquez-moi ça si vous le pouvez !

— Vous étiez sûrement tous soûls. Vous n'avez tout simplement pas vu l'embarcation la déposer.

— Non, Caden, c'est vous qui l'étiez, pas nous.

Ce n'était pas dit comme une insulte. C'était vrai. Caden avait été ivre la plupart du temps pendant ces six derniers mois, laissant Alec remplir son rôle de laird. Donc, en vérité, si quelqu'un était à blâmer, c'était lui et lui seul.

— Je jure par le bon œil de la Cailleach, je n'ai même pas bu une goutte depuis que vous vous êtes réveillé de votre fièvre après la fête de Yule et que j'ai su que vous alliez vivre.

Caden se sentit dûment châtié, que ce fût ou non l'intention d'Alec.

— Et que dites-vous de cette étoile ? insista Alec.

— Quelle étoile ?

— Ah, Caden, vous ne pouvez pas la voir, mais je peux vous assurer que ce n'est pas naturel. La vieille femme a affirmé qu'elle apparaîtrait de jour, si brillante que les marins pourraient la suivre, et la voilà.

— Corniaud ! Ce n'est pas la première fois qu'on voit des étoiles brillantes.

— Pas autant que celle-là, Caden. La vieille a dit que la dernière fois qu'une étoile du destin est apparue, un bébé d'un clan appelé Bethléem a reçu la visite d'étrangers qui lui ont apporté de l'or, de l'encens et de la myrrhe.

— C'est le récit de la Nativité du Christ, espèce d'idiot ! Tu n'écoutes donc pas les prêtres ?

Une fois par an, à l'occasion de l'anniversaire de la mort de saint Ronan, ils célébraient les origines chrétiennes de leur île. Et même si la grande majorité de ses gens n'étaient pas de vrais croyants, aucun d'entre eux n'aurait osé manquer un sermon, juste au cas où. Quant à l'absence de bateau, c'était certes un point embarrassant. Il était tout simplement impossible pour quiconque de s'approcher de l'île sans être vu. Rònaigh se trouvait aux confins de la mer du Nord, très, très loin de la Scotia continentale, et presque aussi loin de l'île de Skye.

— Ah bon, et qu'est-ce que ça change ? Elle nous a dit où trouver Sorcha, et elle était *exactement* là où Biera l'avait prédit, habillée comme elle l'avait dit, et chevauchant la jument qu'elle nous avait décrite. Tout était *exactement* comme elle l'avait dit.

— Et où, *exactement*, Biera vous avait-elle dit que vous la trouveriez ?

— À Lochinver.

Caden inspira profondément.

— Alors vous avez enlevé une fille de Lochinver ? Le diable t'emporte ! Il y a aussi des MacLeod là-bas, et sinon les MacLeod, quelqu'un d'autre va venir la réclamer. Pour l'amour de Dieu, Alec, j'espère que tu as aussi pensé à ça ! Jusqu'à présent, le roi David nous a laissés tranquilles, mais avec tes idioties, tu es peut-être arrivé à nous déclencher une guerre.

— Eh bien, précisément, soutint Alec. La vieille femme a dit que...

— Je me fiche de ce qu'a dit la vieille, Alec.

— Mais, Caden, vous ne comprenez pas. Biera a en effet prédit que le père de Sorcha viendrait la réclamer, et quand il le fera...

Furieux, Caden balança le sac qu'il tenait. Il l'entendit s'ouvrir sous le choc, répandant le grain par terre. Il se retourna en jurant vertement et tapa contre le mur, sentant sa proximité.

— Tu veux dire que tu *savais* qui allait venir la chercher, et que tu t'es quand même emparé d'elle ?

Un terrible sentiment d'impuissance alimentait l'indignation de Caden. Il n'avait actuellement *aucun* moyen d'aider *qui que ce soit*, pas même Sorcha. Alec l'avait présenté sous un bon jour. Mais même s'il pouvait désormais se déplacer dans le donjon avec bien plus d'aisance, il restait mal équipé pour combattre. Autrement, il aurait enfoncé du bon sens dans la grosse tête d'Alec à coups de poing.

— Caden... s'il vous plaît... calmez-vous...

— Pour l'amour de la Cailleach, Alec ! Je n'ai pas besoin d'yeux pour voir que tu es un imbécile !

— Mais, Caden, écoutez-moi. Son père, voyez-vous, est un être diabolique. Et maintenant que vous connaissez la pauvre fille, auriez-vous souhaité que je la laisse aux mains de cet homme ? Il a violé sa mère ! Qui sait ce qu'il pourrait lui faire à elle. Biera a dit que...

— Ferme-la, Alec ! Et ne me parle plus de cette Biera !

En vérité, Caden serait prêt à étrangler quiconque aurait l'intention de faire du mal à Sorcha. Mais il n'était manifestement qu'un aveugle conduisant d'autres aveugles. Il s'appuya contre le mur, posant son front contre la pierre froide pour se reprendre. L'enfer lui-même descendrait sur leur île, et ils n'avaient ni les hommes ni les moyens de la défendre. *Rònaigh était bel et bien perdue.* Et Sorcha le serait aussi si ce qu'Alec disait venait à se réaliser. Malgré tout, Caden ne pourrait malheureusement pas la protéger. Et maintenant qu'il tenait à elle, le pire était que, malgré sa cécité, il avait brièvement entrevu une vie dont il pourrait jouir... avec une femme admirable à ses côtés.

Enlisé dans ses pensées sombres et inquiétantes, il laissa à Alec l'occasion de le braver et d'ajouter avec empressement :

— Biera a juré qu'elle pourrait nous aider, Caden. Vous ne pouvez pas me blâmer d'avoir pris le risque. Rònaigh serait perdue sans vous. Et par la même occasion, nous pourrions aussi aider la jeune fille...

Caden soupira. Il releva la tête et se retourna, l'air las.

— Aider ? Et comment ?

— Eh bien, vous savez que la fille est une guérisseuse...

— Oui, Alec, je le sais parfaitement bien. Ça fait des jours qu'elle me badigeonne avec cette teinture malodorante. Ce que je voudrais savoir, c'est comment *nous* pourrions *l'*aider, quand la moitié de nos hommes sont morts et que je suis aveugle par-dessus le marché. Car, oui, je suis *toujours aveugle*, après tout ce temps, même si je pue comme un rat mort.

— Oui, mon laird, en convint Alec un peu plus formellement. Mais je vous le dis, tout ce que Biera a dit s'est réalisé, ajouta-t-il d'un ton rêveur. Et ce n'est pas vous qui l'avez rencontrée, Caden, c'est *moi*. Il y avait quelque chose en elle qui me rappelait les dieux. Elle n'était pas ordinaire, je vous le dis. Et...

— Et quoi ?

— Elle a dit qu'elle connaissait Conn.

Caden leva les yeux au ciel.

— Les divagations d'une vieille chouette refoulée par le Minch. Elle t'a juste raconté une histoire à laquelle tu rêvais de croire pour mieux te persuader de l'emmener en bateau sur l'île de Skye. J'ai raison, n'est-ce pas ?

Silence.

— J'ai raison ?

— Non ! Vous avez tort ! Elle est retournée avec

nous à Lochinver. Et maintenant, écoutez-moi bien, Caden Mac Swein, car si ce qu'elle prétend est vrai, nous allons voir arriver trois bateaux en moins de deux semaines.

— Trois ? Comme les trois rois mages venus offrir des présents à l'Enfant Jésus ? Quelles balivernes, Alec !

Quoi qu'en pense Caden, Alec y croyait fermement. Il poursuivit :

— Le premier des trois bateaux apportera plus de ravitaillement que Rònaigh n'en a jamais vu, assez pour nous permettre de tenir deux hivers et plus. Le second amènera son frère...

— Ah ! Quelqu'un d'autre dont je devrais m'inquiéter ?

Caden secoua la tête, désespéré, mais il laissa Alec poursuivre.

— Le dernier bateau amènera son père. Et le premier mai...

— Par la Croix ! Tu es fou ! explosa Caden.

Alec n'avait plus qu'une seule chose à ajouter :

— Vous le verrez par vous-même, Caden Mac Swein. Si rien n'arrive comme l'a prédit la vieille femme...

— Alors quoi ?

— Alors, c'est vrai, nous serons vraiment condamnés. Mais si ça se produit, et que vous vous retrouvez avec une hache à la main, vous avez intérêt à bien la manier ! Et si vous avez de l'affection pour la jeune fille, vous ne laisserez jamais ce monstre la reprendre.

— Nous ne sommes pas ses gardiens, lui rappela Caden. Nous sommes ses ravisseurs, au cas où tu l'aurais oublié. Tout ce temps, nous avons réussi à rester en dehors des affaires du roi, et regarde maintenant ce que tu as fait et où tu nous as entraînés...

En réponse, il perçut dans la voix d'Alec quelque

chose qu'il n'avait jamais entendu auparavant : de la déception.

— Et depuis quand reculez-vous devant un combat pour défendre ce qui est juste ? Je vois votre visage lorsqu'elle est près de vous. Je sais que vous vous êtes attaché à cette gentille fille, comme nous tous. Si vous ne vous battez pas pour défendre Sorcha, vous ne me laissez pas d'autre choix que de le faire moi-même.

Caden grommela de mécontentement.

— Tu vas faire du bon travail s'il amène une armée à bord de ces *trois* bateaux, rétorqua Caden.

Mais Alec s'était éloigné, le laissant seul avec sa colère.

— Tu m'entends, Alec ?

Silence.

— Alec !

Personne ne répondit. Caden cria et jura à pleins poumons. Il trébucha sur sa canne en cherchant le sac percé. L'ayant trouvé, il tapa dedans de toutes ses forces. Après coup, les idées un peu plus claires, il repensa à tout ce que lui avait dit Alec. Malgré le peu qu'il savait de Sorcha, il préférait mourir en défendant son honneur plutôt que rester les bras croisés et laisser un homme l'emmener contre son gré. Une fois conscient de ce fait, Caden partit à la recherche d'Alec.

❧

SORCHA ENTENDIT les cris à travers les murs de pierre.

Même si elle ne pouvait pas discerner leurs propos exacts, elle savait à qui appartenaient ces voix. De plus, elle soupçonnait qu'on parlait d'elle. Ses peurs se trouvèrent confirmées.

Quelqu'un ouvrit puis claqua une porte. Après un moment, Alec entra précipitamment dans l'alcôve. Il l'aperçut dans l'atelier et vint se poster à l'entrée, les deux mains agrippées au chambranle, l'air inquiet.

— Si vous avez l'intention de partir avant la fête de mai, lui lança-t-il, je vous emmènerai moi-même sur l'île de Skye.

Mais Sorcha ne voulait pas partir, pas tout de suite. Elle secoua la tête.

— J'ai conclu un marché avec vous, dit-elle. J'ai l'intention de tenir ma parole.

Alec la fixa des yeux un long moment, avant d'expliquer :

— Des comptes vont bientôt être réglés, l'avertit-il. Je ne voudrais pas que vous en soyez témoin.

Sorcha n'avait aucune idée de ce dont il parlait, mais elle n'avait pas peur. En vérité, si ces gens avaient besoin de se défendre, elle était aussi capable qu'un homme. Elle savait manier l'arc et l'épée. Le jour où le comte de Moray avait attaqué son frère près de Dunràth, Sorcha avait été la première à le savoir, et elle avait volé à son secours, abattant plus d'un homme et protégeant Keane de la lame de Moray.

— Je suis prête à prendre le risque, insista-t-elle.

— Ah, mademoiselle, s'exclama-t-il en secouant la tête, l'air apparemment désespéré. Si vous restez, vous devrez sans doute affronter le diable que vous fuyez.

— Soit ! lança Sorcha.

Après un moment, Alec opina de la tête et s'éloigna, laissant Sorcha à ses teintures et à ses herbes. Mais son regard alarmé hanta Sorcha le reste de la journée.

« Vous devrez sans doute affronter le diable que vous fuyez », avait-il dit. Le seul diable qu'elle connaissait était son père. Et si c'était bien de ce diable dont il parlait, elle serait ravie d'avoir l'opportunité de l'embrocher.

S'il ne s'agissait pas de son père, eh bien, elle resterait là quand même, car elle avait une affinité inexplicable avec ces gens. Et quand bien même elle ne se soucierait pas de ce qui pourrait leur arriver, il y avait à Rònaigh plus d'enfants que d'adultes. Quel genre de monstre serait Sorcha si elle abandonnait ces innocents pour sauver sa propre vie ?

Elle avait bien entendu tant de choses à dire à Una, en supposant que celle-ci soit toujours en vie, mais Sorcha ne ressentait plus cette folle envie de la rechercher à tout prix. Pour le moment, on avait besoin d'elle *ici*. Et si par hasard le mal se présentait, elle resterait là pour aider ces bonnes gens à le vaincre.

D'ailleurs... le *ruagaire deamhan* servait aussi à autre chose.

Même si beaucoup rejetaient la frontière étroite séparant ce monde de l'autre, ainsi que les potions et les sorts qui unissaient ou divisaient les deux, Sorcha croyait fermement aux pratiques anciennes. Elle rassembla toutes les fleurs restantes, celles dont elle ne s'était pas servie pour les teintures et les tisanes, et les déposa dans des pochettes. Et juste pour être sûre, elle y ajouta quelques herbes supplémentaires, puis partit avec son panier pour sa tournée dans le village.

Beaucoup de gens ne croyaient plus en la *magie*. Mais Sorcha avait été élevée dans le respect de *l'autre* monde. À tout le moins, elle se sentirait mieux si elle pouvait partager le fruit de ses dons. Elle alla de porte en porte, répétant chaque fois la même chose :

— Je vous ai apporté un talisman. Placez-le en hauteur pour protéger votre maison, expliquait-elle en remettant une petite pochette à la femme qui lui ouvrait.

Elle le fit trois fois. À la quatrième maison, la femme qui se présenta à la porte se mit à pleurer.

— Merci, Sorcha, merci. Mon Elspeth est malade.

— Oh, non ! s'écria Sorcha face à ce rappel pertinent que certains maux n'étaient pas du tout surnaturels.

Sorcha pouvait également aider dans ce domaine.

— Puis-je la voir ?

La femme ouvrit la porte en grand pour la laisser entrer. Une fois à l'intérieur, Sorcha se rendit compte des maigres ressources de ces gens. Il n'y avait qu'une salle commune, avec un grabat, une table et un chaudron dans le foyer. La petite Elspeth, celle qui avait dit que Liusaidh était un cheval de fée, était assise sur le lit qu'elle partageait avec sa mère, reniflant et s'essuyant le nez. Le cœur déchiré de voir l'enfant malade, Sorcha sortit une autre pochette de son panier, remplie de baies de genièvre. Elle les pila aussitôt sur la table pour en faire un cataplasme. Puis elle l'enveloppa dans un chiffon et le tendit à la femme avec ses instructions :

— Elle ne doit pas le manger, ni le frotter sur sa peau. Si elle a du mal à respirer, placez-le seulement sous ses narines et faites-lui inhaler. Comme ça...

Pour s'assurer que la femme sache exactement comment faire, Sorcha lui fit une démonstration.

— Merci, dit la femme tandis que Sorcha se préparait à partir. Vous êtes une bénédiction, ma chère. Dieu nous a bénis en vous envoyant à Rònaigh.

Ce n'était pas vraiment le cas. Sorcha n'avait pas été *envoyée*, on l'avait *amenée* ici. Quoi qu'il en soit, elle serra la femme dans ses bras et repartit. Elle se dit qu'en fait, c'étaient eux qui étaient une bénédiction pour elle. Pour la première fois depuis qu'elle avait appris la vérité sur sa naissance, Sorcha était heureuse. Una et Padruig Caimbeul étaient loin de ses pensées. Non, elle ne quitterait assurément pas ces gens.

Quoi qu'ils s'apprêtent à affronter, Sorcha l'endurerait à leurs côtés. Et si elle devait brandir une épée pour les défendre, elle le ferait également.

Craignant que Caden ne veuille la renvoyer, Sorcha gravit les escaliers dès son retour du village pour s'assurer qu'il ne puisse pas si facilement se débarrasser d'elle.

Elle savait ce qu'elle savait, et elle réalisa que, malgré toute la furie de Caden et ses efforts pour l'éviter, il n'était pas moins attiré par elle qu'elle ne l'était par lui.

Et elle avait bien l'intention de le prouver sur-le-champ...

CHAPITRE 13

Plus de deux semaines s'étaient écoulées depuis l'arrivée de Sorcha. Caden était toujours aussi aveugle que le premier jour de sa présence sur l'île. Aucun de ses cataplasmes, de ses potions ou baumes n'avait fait quoi que ce soit. La seule chose que Sorcha avait influencée était la volonté de vivre de Caden. Plutôt être maudit que de laisser son peuple souffrir de son apathie ! Quant à Sorcha, elle était innocente dans tout cela. Maintenant qu'il comprenait la situation critique de la jeune femme, il se sentait aussi protecteur envers elle qu'envers les siens.

Cette vieille femme avait tout dit à Alec. Sorcha était une fille de sang de Padruig Caimbeul. Même si loin au nord, près de la fin des terres, ils avaient entendu parler de l'ignominie de Padruig, de l'alliance désastreuse qu'il avait faite avec le laird de Teviotdale, dont la fille avait été retrouvée, mutilée, par le Boucher du roi David. Bien trop tardivement, Teviotdale avait élevé ses bannières contre Padruig, rassemblant des hommes prêts à s'opposer à lui. Malheureusement, sans preuve de la culpabilité de Padruig, personne ne s'était joint au laird. Et certainement pas Caden, qui avait trop à perdre à s'opposer à un laquais de David. Après tout, il suffisait de voir ce qui était arrivé à Oengus et à ses fils. Ils avaient perdu le Mormaerdom, ainsi que leurs vies, et le titre de comte avait été accordé à un homme si cupide qu'il était prêt à s'associer aux meurtriers de son père. Néanmoins, l'histoire la plus convaincante qu'ils aient entendue était peut-être celle de la trahison de Padruig à Dubhtolargg. Pas étonnant que Caden ait froncé les sourcils lorsque Sorcha avait mentionné le lieu de sa naissance, bien qu'il n'ait pas fait le rapprochement avant qu'Alec ne lui rappelle cette félonie. Plutôt être maudit que de livrer Sorcha aux mains d'un tel homme ! Quoi qu'il arrive, il s'assurerait qu'elle lui échappe, saine et sauve.

Quant à ses propres gens... il ne savait pas quoi faire. Il pouvait faire confiance à tout ce qu'Alec lui avait révélé ou il pouvait rassembler son peuple et les envoyer loin de là. *Tout de suite.* Les faire descendre vers les bateaux. Les envoyer sur l'île de Skye. Il était prêt à ravaler son orgueil et à faire la paix avec le vieux MacLeod. À lui donner l'île et tous ses biens.

Caden gravit la tour. Seul, pour la première fois depuis qu'il était devenu aveugle. Il longea le mur, se servant de son bâton pour trouver les marches. Il savait exactement combien en monter avant de bifurquer vers ses appartements. Il sentit la présence de Sorcha dès qu'il y entra. Outre l'odeur de ses cataplasmes, la température était agréable. Il se dit qu'elle venait peut-être de prendre un bain. Il sentit l'humidité dans l'air et l'eau parfumée de lavande.

— Mon laird, dit-elle gentiment en venant le saluer.

Tout ce qu'il avait eu l'intention de lui dire, il l'oublia dès qu'elle se mit à tirer sur sa tunique.

— Sorcha ?

— Je vous ai préparé un bain chaud, dit-elle en le prenant doucement par la main et en la retenant lorsque Caden essaya de la retirer.

Depuis qu'Alec lui avait raconté l'histoire de Sorcha, Caden avait fait de son mieux pour l'éviter, espérant contre toute espérance qu'elle décide de s'en aller de son propre chef. Il savait qu'Alec lui avait offert un passage sûr vers l'île de Skye. Mais pour une raison ou une autre, elle était toujours là...

Sorcha le déshabilla en un rien de temps, profitant de sa distraction. Avant que Caden n'ait le temps de réaliser ce qui se passait, il était nu comme un ver. Elle avait allumé un brasier *dans sa chambre.*

L'avait-elle apporté là toute seule ?

Il sentit ses bras longs et minces. S'il ne la connaissait pas, il aurait pu la croire charpentée comme un homme. Mais il n'en était rien. Sa peau était douce et souple. Cette seule pensée donna à son corps l'envie d'explorer le sien davantage. Sans un mot, elle le conduisit vers la baignoire. Elle plaça les mains de Caden sur le rebord et le laissa y monter tout seul.

Comment pourrait-il refuser ?

Malgré toute sa fatigue, Caden ne se plaignit pas. Il posa son bâton à côté de la baignoire et monta dedans, poussant un soupir de contentement en laissant descendre son corps dans l'eau parfumée à la lavande. Puis il se figea en entendant un autre vêtement tomber par terre... un son satiné et engageant, cascadant sur sa chair nue.

Les poils de ses bras se hérissèrent. Comme un jeune homme sans expérience, son cœur se mit à battre plus vite.

— Sorcha, protesta-t-il faiblement.

Il sentit un pied se glisser dans sa baignoire, de petits orteils...

— Chuuut, fit-elle. Chuuut...

Puis elle descendit doucement son corps sur le sien.

Caden en resta bouche bée. La tentatrice se pencha sur lui et plaça un doux baiser sur l'arête de son nez.

— Sorcha ! essaya-t-il de nouveau, même s'il sentait maintenant ses longs membres bien faits s'enrouler autour de son corps.

Son derrière vint se poser sur son membre viril instantanément turgescent.

SORCHA SE RÉJOUIT de sa réaction lubrique.

Si innocente fût-elle du plaisir charnel, elle avait entendu assez de plaisanteries de ses sœurs pour savoir comment faire jouir un homme, et comment éprouver elle-même de la jouissance.

Caden renversa sa tête en arrière contre le rebord de la baignoire, les traits de son visage détendus. Mais juste pour être sûre, elle lui dit, d'un ton boudeur :

— Si vous ne voulez pas de moi, Caden Mac Swein... ou si vous ne me trouvez pas attirante, je peux m'en aller...

De ses doigts, elle caressait en même temps ses mamelons. Il inspira profondément et ouvrit la bouche pour parler, mais rien ne sortit. Sinon un soupir guttural.

Encouragée, Sorcha se mit à savonner les épaules de Caden, laissant la mousse glisser le long de sa peau nue et chaude, s'arrêtant seulement pour tracer du bout des doigts chacune de ses cicatrices. *Combien de batailles avait-il dû connaître ?* Il portait une longue cicatrice allant de sa poitrine jusqu'en dessous de son épaule. Elle se pencha instinctivement en avant pour l'embrasser.

— Sorcha, protesta-t-il, la voix tremblante cette fois.

Sorcha descendit alors sa main et la plaça entre eux. Elle feignit un instant de se laver. Mais elle lâcha le savon et entoura son membre de ses doigts, le serrant doucement. Caden lui saisit aussitôt le poignet pour la retenir.

— Si tu fais ça, Sorcha dún Scoti, sache bien que je ne te laisserai *jamais* partir.

— Oui, je sais, murmura-t-elle d'un ton charmeur comme elle savait si bien le faire.

— J'ai dit *jamais*, souligna-t-il, et quand je dis jamais, c'est *jamais*.

Sorcha sourit, son cœur battant la chamade. Son corps avait envie de plus. Même si elle n'avait jamais accueilli un homme en elle, elle comprit instinctivement ce dont elle avait besoin. Elle désirait tant être remplie par cet homme. Elle écouta son propre corps et se déplaça légèrement de sorte que le membre de Caden touche ses parties les plus intimes. Sous elle, le corps de Caden frémit de nouveau. Sorcha se délectait du pouvoir qu'elle avait sur lui.

— Veux-tu que j'arrête ? demanda-t-elle dans un murmure.

— Non, répondit-il brusquement, en avalant sa salive.

Sa pomme d'Adam montait et descendait. Sorcha se pencha pour l'embrasser. Confirmant sa réponse, il relâcha son poignet et ses mains s'éloignèrent de ses hanches.

C'était tout ce que Sorcha avait besoin de savoir. Elle s'installa sur lui, ouvrant son corps pour l'accueillir. Elle frémit de plaisir jusqu'au moment où il rencontra le voile de sa virginité...

Elle vit qu'il le sentit aussi, car au même instant, les yeux de Caden s'écarquillèrent et il la saisit aussitôt par la taille pour l'empêcher de l'envelopper complètement.

Mais Sorcha n'avait pas l'intention de voir ses plans contrariés. Elle en avait autant envie que Liusaidh avec Diabhal. Elle voulait Caden Mac Swein et elle voulait porter ses enfants. Elle voulait un nouveau-né à son sein, comme Lìli, Lael et Lianae. Même Kellen, le fils aîné de Lìli, serait bientôt père. Et Sorcha n'avait encore jamais couché avec un homme. Enhardie, elle repoussa les mains de Caden et laissa le poids de son propre corps la guider. La déchirure de sa virginité fut indolore, éclipsée par tant de jouissance. Dès qu'il fut complètement en elle, Sorcha se balança lentement, s'habituant à son gabarit, tout en attirant sa semence dans sa matrice.

— *Buin mo chridhe dhuit*, murmura-t-elle en lui mordillant l'oreille. *Mon cœur t'appartient.* À partir de maintenant et pour toujours.

— *Tá mo chroí istigh ionat*, répondit-il, la voix enrouée de désir. *Mon cœur est en toi.*

Et c'était vrai. Sorcha le sentait battre dans ses veines, jusque dans son propre ventre...

Son corps répondit, affamé de désir. Les mots étaient devenus inutiles.

CHAPITRE 14

Sorcha n'avait plus le cœur à retourner dans sa vallée.

On l'avait amenée à Rònaigh pour une raison et elle avait bien l'intention d'y rester maintenant. Quoi qu'il arrive, elle était destinée à être avec Caden. Depuis leur union dans la haute tour, elle avait passé presque chaque minute à s'occuper de lui, à lui appliquer ses teintures. Puis, lorsque les caresses devenaient excessivement lascives, elle lui faisait l'amour.

Sorcha avait si longtemps désespéré de connaître un homme et la joie de porter des enfants. Pourtant, elle ne s'était pas autorisée à pleurer sur ce qui n'arriverait peut-être jamais. Elle était trop pragmatique pour se laisser aller à gâcher son énergie de cette façon. Il n'était désormais plus nécessaire de se refuser quoi que ce soit. Caden était un homme adonné au plaisir et il n'avait pas honte de le lui montrer.

Où qu'ils se trouvent, dans sa chambre, sous un sorbier, sur la plage, près des falaises, il semblait totalement indifférent à la présence de témoins, pas du tout embarrassé de montrer qu'elle était sienne.

Mais il ne pouvait bien entendu pas voir quand on les regardait, et parfois, Sorcha ne pouvait pas le satisfaire, ni elle-même d'ailleurs. Pas quand les plus jeunes les observaient de loin. Aujourd'hui, elle se retrouva à lui taper sur les mains et à lui dire non.

— Concentrons-nous sur notre tâche, le gronda-t-elle alors qu'il essayait de lui caresser la poitrine, comme un garçon en présence d'un jouet précieux.

— Ah, ma belle. Ça fait maintenant trois semaines et ça ne marche pas, *fíorghrá*. Mon amour. Faisons plutôt des petits. Ce sont eux qui seront mes yeux.

Sorcha se mit à rire.

— Non. Pas quand il y a tellement de *petits* qui nous regardent.

— *An toir thu dhomh pòg ?* Veux-tu me faire un bisou ?

— Non, répéta-t-elle en riant.

De nouveau contrarié dans ses projets, Caden poussa un soupir et se rallongea sur l'herbe couverte de rosée, heureux de savoir Sorcha si près de lui. Il ne pouvait pas la voir avec ses yeux, mais il pouvait la voir avec son cœur et, bien que cela paraisse étrange, il pouvait deviner sa silhouette assise à côté de lui, comme une illusion derrière ses paupières.

Lors de moments comme celui-ci, il était facile de croire que tout était comme il se devait. Le printemps était arrivé. Il faisait chaud. Et bientôt, si les choses se passaient comme Caden le voulait, ses propres bambins courraient çà et là dans le champ. Tant de choses avaient changé en un clin d'œil.

Pour l'instant, il se contentait de voir le monde à travers les yeux de Sorcha. De toute évidence, elle n'avait jamais vu ces créatures habitant leur île, car il perçut l'émerveillement dans sa voix alors qu'ils étaient assis près de la plage Nord à regarder les phoques folâtrer dans les vagues.

— Il y en a combien maintenant ? demanda Caden.

— Trop pour pouvoir les compter, répondit Sorcha en lui donnant une tape sur la main gauche.

Caden lui offrit son bras.

— Bientôt, les rochers en seront remplis.

Cela faisait deux jours d'affilée qu'elle le frottait de teintures et d'huiles et l'obligeait à boire de sa tisane aigre-douce. Il continuait bien sûr à jouer le jeu, bien que ses traitements ne semblent avoir aucun effet.

Il était néanmoins d'humeur bien plus détendue et il ne ressentait plus les douleurs des premiers temps après l'accident. Cela n'avait pas grand-chose à voir avec sa tisane, quoi qu'elle en dise, mais plutôt avec le fait qu'il était comblé.

— As-tu déjà entendu parler des selkies ?

— Des selkies ? répéta-t-elle de sa voix douce comme le beurre de miel.

Caden se pencha en avant pour humer son parfum par-dessus celui du *ruagaire deamhan*, qui semblait d'ailleurs n'avoir d'autre effet que de rendre sa pisse plus nauséabonde que l'ail.

Elle continua à lui frotter les bras, puis passa à ses jambes, triturant ses poils de temps en temps. Il voulait l'avertir que tous ces frottements n'allaient pas rétablir sa vue, mais autre chose pour sûr.

— On raconte que les selkies vivent sous la forme de phoques dans la mer. Mais sur terre, elles muent et deviennent humaines. C'est pour ça que mes gens ne veulent pas en manger. Un de ces jours, je t'emmènerai dans leur abri, la grotte du Géant.

— La grotte du Géant ?

— Une ancienne grotte près de la plage.

— Mais pourquoi l'appelez-vous comme ça ?

— En réalité, ma belle, je ne sais pas. Je sais juste que c'est comme ça que ma grand-mère l'appelait. On l'a toujours appelée comme ça, bien avant ma naissance.

Caden supposait que cela avait un rapport avec ses ancêtres vikings, que les Irlandais avaient pris pour des géants. La couleur de ses propres cheveux et sa taille résultaient du sang viking qui coulait dans ses veines.

De quelle couleur sont les cheveux de Sorcha ? Et ses yeux ?

Il était prêt à tuer pour connaître ces choses et plus encore. Il connaissait les traits de son visage, les ailes délicates de son nez et la forme de sa bouche. Il les avait mémorisés comme la configuration de ses terres, chaque petite courbe et tache de rousseur. Mais il n'avait aucune idée de ce à quoi ressemblaient toutes ces choses réunies.

Elle termina rapidement le massage de ses jambes, insistant sur ses muscles fatigués, puis elle revint à ses doigts. Ces mêmes doigts qui avaient jadis agrippé l'acier froid et dur. Il soupira de plaisir tandis qu'elle les pétrissait, lui faisant oublier leurs coups mortels. Il ne comprenait pas en quoi ses soins étaient censés aider ses yeux, mais il n'allait pas se plaindre.

Il entendit des mouettes voler au-dessus d'eux et regretta d'être incapable de les voir. Combien de fois les avait-il observées en les tenant pour acquises ? À cette saison, les macareux devaient être partout, perchés sur leurs rochers avec leurs costumes noir et blanc, leurs drôles de petits becs orange et leurs pattes de canard.

Ces dernières semaines, avec Sorcha à ses côtés, Caden avait mis toute sa maison en ordre. Loin d'être indolente, Sorcha avait une attitude à la fois ferme et attachante, de sorte que tous s'empressaient de lui obéir. Elle était vraiment d'une grande aide. Avait-elle fait la même chose pour son peuple à Dubhtolargg ?

Leur manquait-elle beaucoup ?

Il y avait tant de choses que Caden ne savait toujours pas sur elle, sa mystérieuse princesse enveloppée de brume.

— Tu ne parles pas beaucoup de ton peuple.

— Non, répondit-elle rapidement, trop vite au goût de Caden, car il voulait tout savoir sur la femme qu'il en était venu à chérir.

— Hmm, fit-il. Ils t'ont maltraitée ?

— Non, dit-elle de nouveau sans s'étendre sur le sujet, ce qui incita davantage Caden à la questionner.

Il insista :

— Tu as honte d'eux ?

— Non, Caden, dit-elle d'un ton attristé. En vérité, mon frère Aidan est un homme honorable, comme on en trouve rarement.

— Alors, pourquoi les as-tu quittés, Sorcha ?

— Parce que je n'étais plus à ma place là-bas, expliqua-t-elle d'une voix encore plus chagrinée qui tordit le cœur de Caden.

Elle avait semblé si heureuse quelques minutes plus tôt.

— Et où est ta place à présent ? persista-t-il.

Un semblant de sourire revint dans sa voix :

— Ici même... avec toi, l'homme que j'ai appris à aimer.

Mais elle s'interrompit soudain :

— Caden... est-ce que par hasard tu attendrais des visiteurs sur l'île ?

— Des visiteurs ?

— Oui, j'aperçois des bateaux.

— Des bateaux ?

— Trois, pour être précise.

Une sueur froide parcourut l'échine de Caden. Il se redressa aussitôt. Pris de panique, il tâtonna par terre pour retrouver son bâton. Comme propulsé par sa volonté, il arriva dans sa main. Caden se rendit compte que Sorcha le lui avait tendu. Il la saisit par le bras.

— Partons, ordonna-t-il.

— Non, Caden ! Nous n'avons pas fini ! protesta-t-elle en vain.

— Maintenant ! dit-il en la relevant.

— Caden ! répéta-t-elle.

Mais il se tourna instinctivement, entraînant la femme qu'il avait bien l'intention d'épouser vers le donjon, où elle serait en sécurité – où le jeune Davie aurait dû rester. Par Dieu, il ne laisserait jamais Sorcha partir. Il ne laisserait jamais ce misérable l'emmener. Et même si c'était la dernière chose qu'il devait faire, il assassinerait Padruig Caimbeul sans hésiter.

CHAPITRE 15

Il était surprenant de constater à quelle vitesse l'île s'était remplie d'étrangers. Seulement quelques heures après, des tentes de toutes les couleurs et de toutes les formes parsemaient l'île de bout en bout.

Au sommet de la tour, Sorcha décrivit la vue à Caden. Il l'écouta, tout en s'accrochant à sa main comme un homme ayant peur de perdre un membre. Sorcha perçut en lui une certaine appréhension, qu'elle attribua à la circonstance.

Alec leur avait expliqué la raison de leur venue – assister à une cérémonie d'engagement entre un fils de Conn et une fille de Cruithne. Sorcha se rappela alors une prophétie dont Una lui avait parlé, à propos d'une union qui devait être le précurseur d'une période de paix. *Quelle ironie du sort !* Lorsque MacAlpin avait assassiné les fils des sept nations pictes pour assurer son droit au trône, il avait mis fin à une trêve de sang. Par la suite, la relique sacrée des rois de Dalriada, la pierre du destin, avait été maudite et destinée à apporter la guerre à tous ceux dont le sang n'était pas assez pur pour gouverner deux nations ensemble. Les gardiens avaient reçu la responsabilité de protéger *An Lia Fàil.*

Mais maintenant que la pierre était perdue, Sorcha et Caden portaient à eux deux le sang des Scots et des Pictes dans leurs veines, ainsi que celui des Vikings et des Irlandais. Leur union était peut-être l'objet de la prophétie, mais, ironiquement, ils n'étaient plus en possession de la pierre.

Quoi qu'il en soit, ce rassemblement était un spectacle exceptionnel.

Sorcha était consternée par le nombre de personnes qui étaient venues en suivant son étoile, bien plus qu'elle n'en avait jamais vu en un seul endroit, et certainement jamais dans sa vallée.

Hormis la fois où le roi David était arrivé chez eux à l'improviste, avant de partir faire le tour des terres frontalières pour sécuriser ses possessions, après la mort du roi Henri d'Angleterre. En fait, c'était le jour où elle avait rencontré la femme de Keane, Lianae. Lìli avait été soucieuse toute la journée, ne sachant quoi servir à tant d'invités.

Sorcha en faisait également l'expérience à présent. Heureusement, il n'y avait rien à craindre en matière de nourriture ou de provisions. Les bateaux étaient arrivés chargés de toutes sortes de cadeaux. Des céréales, des herbes, certaines dont Sorcha n'avait jamais entendu parler. Des moutons, des aurochs, ces grosses bêtes laineuses et capricieuses. S'ils devaient rester, aurait-on assez de place pour eux ? Des chevaux, des chèvres et des cochons. Il y avait même des vins vieillis de France, des fromages et des viandes fumées, présents du roi d'Irlande. Quant au roi David, il avait envoyé des soies de tant de couleurs, toutes achetées en Flandre.

— Ils disent tous que leurs cadeaux sont en honneur de la promise de Dunrònaigh, déclara Alec.

Sorcha et Bess se regardèrent, ahuries.

En effet, même avec son don de vision, Sorcha n'aurait jamais pu prévoir les conséquences de sa visite à

Rònaigh. Alors comment ces gens le savaient-ils ? Comment avaient-ils eu l'idée de suivre cette étoile comme elle ? Comment avaient-ils pu prédire qu'elle désirerait un jour épouser le laird de Dunrònaigh ?

Caden serra la main de Sorcha, comme pour la rassurer – ou peut-être plutôt pour se rassurer lui-même. Sorcha s'y agrippa avec force.

— Je suppose qu'ils vont s'attendre à un mariage, déclara Caden.

Alec et Bess échangèrent un regard. La tension dans la pièce était palpable, car Caden n'avait pas encore accepté d'épouser Sorcha. C'était même la première fois qu'il abordait le sujet. Il avait bien sûr dit qu'il ne la laisserait jamais partir, mais partager son lit et l'épouser était deux choses différentes. Presque certainement pour le mettre à l'aise, Alec intervint :

— Eh bien, pour le moment, ils sont déjà très contents de participer à un festival.

Si tant de personnes étaient venues en suivant cette étoile, Aidan était peut-être là lui aussi, à sa recherche ?

— Je suppose que mon frère n'est pas parmi eux ?

Alec secoua la tête.

— Pas encore.

— Pas encore ? reprit-elle en se tournant vers lui, les sourcils froncés.

Elle le vit lancer un regard inquiet vers Caden, qui bien sûr ne pouvait pas le voir. Son bien-aimé faisait face à la fenêtre, essayant peut-être d'imaginer ce que les autres pouvaient voir. Il serra de nouveau la main de Sorcha.

— Ce qu'il veut dire, ma belle, c'est qu'à en juger par la foule présente, c'est juste une question de temps avant que *tous* les tiens ne viennent.

Sorcha opina de la tête, satisfaite de son explication. Elle espérait bien que cela arrive, mais comme elle n'avait pas vu Aidan depuis leur terrible dispute, elle ne se sentait pas prête pour un face à face. Surtout si son frère devait s'offusquer de ses projets.

Quoi qu'il en soit, il s'agissait de sa vie et dès que Sorcha avait quitté la vallée, elle avait très bien compris que rien ne serait plus jamais pareil. Aidan devait lui aussi accepter cette vérité, car il n'y avait plus rien pour Sorcha dans la vallée. Elle serra à son tour la main de Caden.

— Je suppose…, commença Caden. S'ils sont venus pour assister à un engagement, nous nous devons de leur offrir, poursuivit-il après une pause. Pas vrai ?

Il se tourna pour prendre Sorcha dans ses bras. Elle entendit alors Alec et Bessie étouffer un petit cri. Sorcha retint son souffle.

— Qu'en dis-tu, ma bien-aimée Sorcha ? Veux-tu me prendre pour époux, même aveugle, et malgré mon sale caractère ?

Sorcha en eut le souffle coupé. Les larmes aux yeux, elle leva la main et caressa la joue de Caden.

— Oui, mon laird. Je le veux. Quoi qu'il arrive, je serai à tes côtés.

> « Sa robe était de soie verte,
> son manteau d'un riche velours ;
> à la crinière flottante de son coursier
> pendaient cinquante-neuf clochettes
>   d'argent. »

L'HUMEUR ÉTAIT à la joie. Les chants et les danses dominaient. On jouait du luth et du roseau.

Encouragés par la cérémonie à venir, des hommes et des femmes sautaient par-dessus des balais, un rituel durant lequel, devant témoins, des couples franchissaient un seuil improvisé, symbolisant le passage entre l'ancien et le nouveau, officialisant ainsi leur union. Une tradition plutôt réservée à ceux qui ne possédaient pas de seuil par lequel faire passer leur épouse. Hélas, la cérémonie ne serait pas si simple pour Sorcha et Caden. Malgré son ardent désir d'épouser cet homme, Sorcha aurait préféré sauter par-dessus un balai. Bientôt, tous auraient les yeux fixés sur eux, et Sorcha n'aimait pas l'attention. Combien de fois avait-elle participé à un festival sans se sentir à sa place ?

Trop pour pouvoir les compter.

Hormis les singeries de son jeune frère Keane et de sa sœur Cailin, Sorcha n'avait jamais été témoin de tant de rigolade. La vieille Moira saisit la main d'un étranger, qui la retira aussitôt, secouant la tête. Nullement découragée, Moira se dirigea vers un autre et souleva ses jupes pour prouver qu'elle avait toujours un nid douillet.

Pendant ce temps, Sorcha riait et racontait ce qui se passait à l'oreille de Caden, pour qu'il puisse rire avec elle. L'humeur sombre et pensive qu'il avait entretenue dans la tour avait disparu. Il lui aurait été difficile de ne pas s'amuser quand tout le monde passait un si bon moment.

En vérité, les événements survenus dans la vallée semblaient appartenir au passé. Il était difficile de croire que si peu de temps s'était écoulé depuis. Cela faisait néanmoins un certain temps qu'ils n'avaient pas eu l'occasion de festoyer à Dubhtolargg. Même le mariage de Kellen et Constance avait été désapprouvé. Puis l'accident s'était produit, et Una...

Aujourd'hui, cependant, rien n'entravait les réjouissances. Sorcha aurait seulement souhaité que Caden puisse voir tous les sourires et les festivités. Mais elle garderait tout cela en elle pour pouvoir lui raconter plus tard dans la nuit.

Profitant de l'instant présent, Bess et Alec se laissèrent prendre au jeu. Ils se donnèrent eux aussi la main pour sauter par-dessus le balai, puis s'éloignèrent en riant pour aller échanger un baiser marital dans un coin isolé.

Attendant l'heure de la cérémonie, Sorcha prit Caden par la main, le rassurant par sa présence à son côté. Malgré son appréhension, elle se réjouissait du caractère magique de ce jour.

Revêtue d'une robe de mariée, bien trop courte, appartenant à la mère de Caden, Sorcha battait des mains et chantait avec tout le monde, se contentant de rire lorsqu'elle ne connaissait pas les paroles.

— Tu t'amuses bien ? lui demanda Caden.

Il serrait dans sa main gauche le bâton de frêne qu'Afric avait taillé pour lui. Il avait l'air très distingué, avec sa tunique pourpre aux liserés dorés et son pantalon noir. Grand et beau. Ses cheveux, très, très blonds, brillaient comme des fils d'argent au soleil couchant.

CADEN SAVOURAIT la joie sans réserve dans la voix de Sorcha.

Il se permit un instant d'oublier tout ce qu'Alec lui avait révélé. Même s'il avait assigné un homme à l'aiguisage de sa hache, il tapait du pied et bougeait la tête au rythme des chants.

C'était incroyable de remarquer à quel point ses sens s'étaient développés. Il pouvait entendre le cri de chaque enfant. Chaque note du luth. Le froissement de chaque jupe passant près de lui. Il sentait les tartes sucrées dans chaque paire de mains, ainsi que l'eau parfumée à la lavande dans les cheveux de Sorcha.

Un sentiment de fierté l'envahit. Il souhaitait de tout son cœur pouvoir la regarder, pas seulement avec ses mains, mais avec ses yeux reçus de Dieu. Il voulait voir le scintillement dans son regard quand elle souriait, et la façon dont son nez se tordait doucement quand il blottissait son visage contre sa joue. Il connaissait tout cela au fond de son cœur, mais cela ne suffisait pas.

— Où est Alec ? demanda-t-il, le souhaitant à proximité.

— Quelque part avec Bess, répondit-elle avant de se remettre à applaudir et à chanter.

> « Sa robe était de soie verte,
> son manteau d'un riche velours ;
> à la crinière flottante de son coursier
> pendaient cinquante-neuf clochettes
>   d'argent. »

EN PRÉVISION de l'allumage du *Tein-Éigin*, le feu rituel obtenu par friction, on éteignit toutes les flammes sur l'île, chaque braise de chacun des fours, chaque flamm-mèche de chacun des foyers. On allumerait puis distri-buerait une nouvelle flamme, issue du feu sacré, après l'avoir béni. Puis, à la fin de la célébration, tous les vil-lageois approcheraient leurs flambeaux de la flamme et remporteraient chez eux un peu du *Tein-Éigin* pour commencer une nouvelle année.

Le crépuscule approchait et l'île se faisait silen-cieuse, les enfants tombant de sommeil dans les champs, là où leurs petites jambes les avaient portés. Les mères flânaient sur la colline en attendant les festi-vités de la nuit, buvant de l'hydromel et de la bière.

Les hommes levaient les sourcils au passage des jeunes filles et leur lançaient des clins d'yeux tout en rougissant. C'était l'époque de l'année où les femmes avaient le droit de choisir. Plus d'une fois, une jeune fille timide et douce repartait avec un époux qui, en quelque sorte, ne l'avait pas remarquée de l'année.

Au large des côtes, les lumières des bateaux s'éteignaient les unes après les autres, respectant la tradition de Beltane. Le crépuscule de l'année était à la porte – le temps entre les temps, lorsque l'obscurité faiblissait et que revenait la lumière estivale. Après un temps, seuls demeuraient le scintillement de l'étoile du destin et la douce lueur de la pleine lune. Dans les derniers instants, lorsque le jour cédait à la nuit, c'était comme si le monde retenait son souffle. Puis, toutes ensemble, les mères ébouriffèrent les têtes de leurs petits, les réveillant pour voir le feu nouveau que l'on s'apprêtait à allumer.

— Hourra ! s'écrièrent en chœur les villageois.

— Hourra ! crièrent les enfants.

Symbolisant les quatre directions, des jeunes filles, n'ayant pas encore atteint l'âge des premiers rougissements, apportèrent de nouvelles torches pour allumer les braises, chacune dans son propre quadrant. Pendant un long moment de suspense, la foule resta plongée dans l'ombre de la lune. Puis la flamme jaillit tout à coup et s'éleva dans la tour de bois, lançant son signal lumineux dans la nuit. Sa lueur projeta des reflets orangés sur les visages.

Les enfants se mirent à courir, chassant la poussière de fée de leurs yeux. Visiteurs et villageois portèrent des toasts à la déesse de la Lumière. Puis, sous la lumière changeante du soleil, de la lune et des étoiles, les petites filles poursuivirent les petits garçons. Hommes et femmes passèrent par la fumée du *Tein-Éigin* pour se purifier et inviter la fertilité. Un à un, on y conduisit aussi tous les animaux, les vieux comme les jeunes, également pour stimuler la fertilité. C'était un spectacle à ne pas manquer.

. . .

Qui aurait cru quelque temps plus tôt que Sorcha allait se retrouver dans un moment si glorieux, avec une nouvelle maison qu'elle pouvait dire sienne ?

Que dirait Una si elle me voyait maintenant ? Que ferait Aidan ? Seraient-ils heureux pour moi ? Battraient-ils des mains, chanteraient-ils et se réjouiraient-ils ?

Certainement, tous ces gens étaient enchantés, et...

Sorcha retint son souffle, apercevant tout à coup un visage familier dans la foule. Mais non, ce n'était pas possible... Elle regarda par-dessus les flammes dansantes, juste pour s'assurer que ses yeux ne la trompaient pas.

L'homme ressemblait à Lìli. En fait, c'était un peu comme si elle se regardait dans un miroir, mais en homme.

Il était entouré de gens que Sorcha ne reconnaissait pas, ainsi que d'une jolie femme qui lui semblait aussi légèrement familière. Un très, très mauvais pressentiment envahit Sorcha, car elle comprit qu'il devait s'agir de Padruig Caimbeul... son père.

Si vous restez, vous devrez sans doute affronter le diable que vous fuyez.

Alec l'avait su. D'une manière ou d'une autre, il était au courant. Caden le savait-il aussi ? *Sûrement pas.* Elle déglutit péniblement et pria qu'elle ait fait erreur. Elle s'excusa, les membres affaiblis par la peur, et laissa Caden en compagnie d'Afric, puis partit à la recherche d'Alec et de Bess. Lorsqu'elle les trouva, elle les prit à part et les questionna d'abord sur la femme qui se tenait à côté de Padruig.

— Qui est-ce ?

— Brighde, répondit Bess en souriant. Cette brave dame a présidé ce festival presque chaque année d'aussi loin que je me souvienne.

Sorcha releva le menton.

— Brighde, répéta-t-elle.

Elle fronça les sourcils, car quelque chose l'intriguait chez cette femme. Elle était grande et gracieuse, avec des cheveux roux flamboyants. Elle était en fait aussi radieuse que la flamme du feu de joie, et bien que cela semble inconcevable, sa beauté était encore plus resplendissante que celle de Lìli. Et bien sûr, dans ce cas, beaucoup plus encore que ce que Sorcha pourrait jamais espérer pour elle-même.

Sorcha ressentit brièvement de l'envie. Elle était reconnaissante que Caden ne puisse voir la femme, car elle ne pouvait imaginer pourquoi un homme voudrait la choisir au lieu de cette beauté élancée. Mais l'homme qui se tenait près d'elle se tourna alors vers Sorcha. Elle ressentit des picotements de peur le long de son échine.

Il la connaissait.

Padruig la connaissait.

Son cœur se mit douloureusement à battre tandis qu'elle retournait précipitamment au côté de Caden. Elle lui saisit la main et la serra. Elle voulait lui parler, mais elle en était incapable. Même si elle lui parlait, que pourrait-il faire ? *Caden était aveugle.* Les chants et les danses continuaient, mais Sorcha ne chantait plus.

> « Sa robe était de soie verte,
> son manteau d'un riche velours ;
> à la crinière flottante de son coursier
> pendaient cinquante-neuf clochettes
>   d'argent. »

DE L'AUTRE côté du feu, Padruig Caimbeul se tenait immobile, en pleine armure, ses mains gantées de mailles derrière son dos. Le métal reflétait la lueur orangée du feu. Il attendait son heure. Il y avait trop de gens présents pour s'emparer tout simplement de sa fille. Il attendait donc une meilleure occasion, s'amusant aux dépens des autres.

Une bande de rustres et d'imbéciles. Ces gens n'étaient guère plus que des paysans superstitieux. Malgré tout, ils avaient en quelque sorte attiré toute une foule de pèlerins sur leur île. Pour quoi ? Pour allumer un feu rituel ?

Ils étaient grossiers et idiots.

La simple idée de mêler son sang au leur était un anathème contre son être. Si l'occasion se présentait de kidnapper Sorcha avant qu'elle ne prononce ses vœux, il la saisirait assurément. Et une fois qu'il serait en possession de la fille, personne n'oserait se permettre de lui dire ce qu'il pouvait ou ne pouvait pas faire avec la chair de sa chair.

Cependant, il restait *quelqu'un* qui pouvait encore tout gâcher. Selon la loi de David, lui seul avait le droit de décider de l'avenir de Sorcha. *Aidan dún Scoti.*

Heureusement, Padruig ne l'avait pas encore aperçu. Il ne reconnaissait d'ailleurs personne à cette fête froide à se geler le derrière. Il regarda une vieille femme soulever ses jupes et lui montrer son mont ridé et poilu. Par Dieu, ses lèvres pendaient plus que ses propres roupettes ! Le roi David devait haïr ces gens, païens et stupides.

Pas pour la première fois, il jeta un coup d'œil vers sa fille. Il se demandait si quelqu'un d'autre avait remarqué leur étrange ressemblance. Il était évident pour lui que Sorcha était de son sang, car elle était le portrait craché de sa fille Lìli, cette infidèle. Jusqu'à la couleur de ses cheveux. Mais elle était plus jolie que Lìli, même si elle ressemblait un peu à sa catin de mère.

Néanmoins, malgré toute la beauté de Riannag dún Scoti, ou de Sorcha d'ailleurs, ni l'une ni l'autre n'arrivait à la cheville de la femme qui se tenait debout à côté de lui. S'il était distrait de sa tâche, c'était à cause d'elle. Au milieu de tous ces baisers et de ces étreintes, il avait bien envie de saisir cette pouliche par sa crinière dorée et de la traîner jusqu'à la plage pour enfoncer son vit dans sa bouche, qui d'ailleurs ne s'arrêtait pas une seconde de jacasser.

— Elle vient de Dubhtolargg, disait la femme, sur le ton de la conversation.

Padruig leva les yeux au ciel.

— Oui, c'est ce qu'on m'a dit, rétorqua-t-il en réajustant ses bourses, rebuté par le souvenir de la vieille femme.

— Quel dommage ! J'ai entendu dire qu'il n'y a plus personne pour hériter.

Padruig se retourna vers la femme.

— Plus personne ?

La femme secoua la tête.

— Non, Caden Mac Swein n'a pas d'héritiers.

Padruig cligna des yeux.

— Même pas une sœur ?

La femme secoua de nouveau la tête en souriant tristement.

— Malheureusement, pas une seule. Je suppose qu'une fois marié, s'il mourait sans héritier, le roi David donnerait ses terres et son épouse au père de la jeune femme.

Padruig releva le menton à cette révélation soudaine. Il ouvrit la bouche pour parler, mais la referma, se rendant compte que s'il devait publiquement défier l'homme, Caden Mac Swein n'aurait pas d'autre choix que de se battre pour Sorcha... ou de la libérer de ses obligations. Il n'avait pas l'air d'un homme prêt à tout simplement laisser partir sa femme. Donc, s'il attendait qu'ils aient prononcé leurs vœux pour tuer Mac Swein, son profit serait double : il pourrait avoir sa fille ainsi que toutes ces terres, aussi pauvres soient-elles. Par Dieu, il n'était pas idiot. Pourquoi dédaigner le moindre sou ? Et tout le ravitaillement qui avait été apporté... représentait une fortune à lui seul. Le membre de Padruig se durcit en écoutant la femme continuer à parler du laird de Dunrònaigh. Pas à cause de sa beauté. Non, plus maintenant. La cupidité était un aphrodisiaque beaucoup plus puissant. Il lui suffisait donc maintenant d'attendre son heure... Une fois le moment venu, il s'abattrait sur eux comme le rapace qu'il était et se délecterait de la carcasse du laird de Dunrònaigh.

SORCHA SOUPÇONNAIT de plus en plus que Padruig savait exactement qui elle était. Plus encore, qu'il était venu à Rònaigh pour l'emmener avec lui. Mais Caden, toujours aveugle, n'était pas en mesure d'affronter son père. Elle serra sa main.

— Je suis fatiguée, dit-elle. Pouvons-nous partir ?

— Et décevoir la foule ? lui dit-il sur le ton de la plaisanterie. Je ne crois pas.

Sorcha le tira pourtant par la main, espérant qu'il la suive.

— Mais je suis épuisée, mon amour. Nous pourrons nous marier au matin, quand je me serai reposée.

Caden la retenait fermement, comme si ses pieds étaient enracinés sur place et que ses doigts étaient des chaînes. Soudain, l'opportunité de s'en aller échappa à Sorcha, car la femme du nom de Brighde se tenait devant le *Tein-Éigin*, parlant d'une voix forte et gracieuse qui s'élançait vers le ciel.

— Ô illustres dieux qui créez et apportez la vie, s'écria-t-elle pour annoncer le mariage, nous vous prions de bénir ce jour de rassemblement !

Les acclamations fusèrent dans la foule. Une multitude de visages se tournèrent vers Sorcha et Caden.

Belle et gracieuse, Brighde leva la main, invitant Sorcha et Caden à pénétrer dans le cercle druidique.

Sorcha s'immobilisa, figée par la peur. Mais Bessie la poussa en avant, prenant faussement son hésitation pour du trac.

Brighde tenait un bouquet de rubans rouges brillants. Elle s'inclina légèrement, avec beaucoup de grâce, pour prendre la main libre de Sorcha, tout en lui souriant.

Sorcha n'avait pas le choix. Elle serra la main de Caden et l'entraîna avec elle. Une fois qu'ils se trouvèrent côte à côte dans le cercle druidique, la femme agit sans hésitation. Elle fit une boucle avec un ruban autour de leurs poignets joints, les liant ensemble.

— Ce sera fini en un clin d'œil, lui dit Caden pour la rassurer, mais Sorcha ne pouvait expliquer que c'était précisément *cela* qu'elle redoutait.

Caden n'était pas prêt à se défendre tout seul. Si son père les agressait, il serait impuissant. Elle pouvait seulement espérer que quelqu'un leur vienne en aide. En revanche, Padruig était arrivé armé et préparé, à en juger par son armure clinquante. Elle parcourut la foule des yeux, mais ne vit pas Alec. Son cœur s'affola. La crainte la paralysait autant que les rubans de Brighde.

— Sorcha et Caden…, déclara Brighde à haute voix.

Sorcha était pleinement consciente du regard de Padruig sur elle. Ses yeux la transperçaient comme ceux d'un vautour à travers l'obscurité. Mais la voix de Brighde ne comportait aucune inquiétude. Elle était douce comme la soie et remplie de sérénité.

— … vous présentez-vous librement à cette union ?

— Oui, déclara Caden.

— Je… oui, dit à son tour Sorcha, en jetant nerveusement un coup d'œil par-dessus le feu, là où Padruig se tenait.

Il avait disparu. Elle espéra qu'il était là en tant

qu'invité de quelqu'un et qu'il était maintenant parti Dieu sait où, sans être conscient de son identité.

— Promettez-vous de vous honorer et de vous respecter ? demanda-t-elle, ne se rendant manifestement pas compte de l'agitation intérieure de Sorcha.

— Je le promets, déclarèrent Caden et Sorcha.

Sorcha leva les yeux vers Caden. Son sourire la rassura. *Padruig ne l'avait peut-être pas reconnue ? Peut-être l'avait-il simplement regardée parce qu'elle était la promise ?*

— Promettez-vous de toujours vous assister mutuellement dans la douleur et le chagrin ?

— Je le promets, répondirent-ils à l'unisson.

Brighde passa un nouveau ruban autour de leurs poignets joints. Elle ferait huit boucles, et ils seraient mariés aux yeux de la loi. Puis, après le toast final, ils les démêleraient ensemble, signifiant par cet acte qu'ils restaient volontairement unis en tant que mari et femme.

Aidan et Lìli avaient prononcé ces mots onze ans plus tôt, lorsque Sorcha n'avait que treize ans. Après toutes ces années, même si ni l'un ni l'autre n'avait voulu de cette union, il y avait toujours de l'amour entre eux.

Les paroles de Brighde lui firent repenser au mariage de sa sœur, sauf que ce jour-là, sur la colline de Dubhtolargg, c'était Una qui avait officié, de sa voix rauque et ancienne comme les *Am Monadh Ruadh*, les collines rouges où ils s'étaient installés. Une voix certes pas aussi douce et apaisante que celle de Brighde, et pourtant, c'était Una qui la avait servi de guide à Sorcha dans toutes les difficultés qu'elle avait rencontrées. Elle aurait tant aimé qu'elle soit là ! Una saurait évidemment quoi faire avec Padruig. Elle lui donnerait un gros coup de bâton sur la caboche et s'assurerait de l'émasculer aux yeux de tous, puis elle le renverrait, les chiens sur ses talons.

Sorcha regarda son promis, se demandant à quoi il pensait. Il ne semblait absolument pas se douter de la proximité du danger et de la présence de son père.

— Promettez-vous d'être loyal l'un envers l'autre afin d'être plus forts ensemble ?

— JE LE PROMETS, dit Caden sans hésiter, inconscient de l'agitation de Sorcha.

— Je le promets, répéta-t-elle, s'efforçant de rester concentrée sur la voix de Brighde.

Comme si elle pouvait le sentir, Brighde se pencha en avant pour ajouter :

— Lorsque vos mains faibliront, promettez-vous de les tendre uniquement vers l'un et l'autre ?

— Nous le promettons, répondirent-ils en chœur.

Brighde fit de nouveau une boucle autour de leurs poignets avec un ruban rouge. Sorcha serra la main de Caden et déglutit avec difficulté.

Quelque chose de terrible planait sur eux.

Ses visions – ce don qu'elle avait reçu à sa naissance – ne s'étaient pas manifestées depuis trop longtemps. Pas depuis le jour où elle avait vu l'ignominie de son père dans la *keek stane*. Comme Caden avec sa vue, elle les avait toutes réprimées. Maintenant, au moment le plus inopportun, une sensation d'obscurité se formait autour de ses yeux, signe certain d'une vision imminente. *Non, c'était probablement juste l'émotion.* Brighde passa de nouveau le ruban autour de leurs poignets. Sorcha respira avec plus de difficulté.

— Avez-vous l'intention d'apporter la paix et l'harmonie à ce clan ?

— Nous l'avons, répondirent-ils, mais Sorcha avait du mal à énoncer les mots.

Sa vue baissa davantage. Elle percevait une odeur de sang et de mort. Elle cligna des yeux et vit des images se former dans les flammes du feu de joie : Padruig debout, penché sur le père d'Aidan et sur sa mère. Le malaise l'envahit. La nausée tiraillait son estomac. Les voix commençaient à se mêler, comme de terribles bourdons.

— Lorsque vous chancellerez, et c'est inévitable, aurez-vous le courage et la loyauté de vous souvenir de toutes ces promesses que vous vous êtes faites ?

— Oui, déclara Caden.

— Oui, dit Sorcha, ravalant la bile qui lui montait dans la gorge.

Elle releva la tête et regarda la femme du nom de Brighde. Elle aperçut quelque chose de familier dans ses yeux... des yeux verts brillants qui auraient pu être ceux d'Una dans sa jeunesse.

Brighde lui renvoya son regard et lui sourit.

Pendant un long moment, les deux femmes se fixèrent des yeux. Sorcha se rendit alors compte qu'elle connaissait ces yeux mieux que les siens.

Brighde, Brigit.

Sa chevelure grise et raide était à présent dorée et lumineuse. Elle ne portait plus de patch sur son œil gauche. Au lieu, elle avait deux jolis yeux verts, les yeux des gardiens. Ses longs membres, qui peu de temps auparavant avaient été déformés par l'âge, étaient maintenant élancés et forts, lui conférant une noble hauteur. Elle n'avait plus besoin de bâton. À cet instant, Sorcha se rendit compte de son identité, aussi impossible que cela puisse paraître.

Una, transformée !

— Ça a toujours été toi..., murmura Brighde à son oreille, une lueur brillant dans ses bons yeux. Tu as toujours été l'Élue, Sorcha dún Scoti...

Le crépuscule fit place à l'obscurité. Sorcha regarda Caden lorsqu'une ombre passa devant la lune. Au même moment, Brighde éleva la voix pour s'adresser à la foule. La terre sembla frémir dans ses profondeurs. Le vent hurla dans les oreilles de Sorcha.

— Y a-t-il ici quelqu'un qui s'oppose à l'union de ces deux personnes ?

Le regard de Sorcha s'obscurcit. Le souffle lui manquait. Padruig Caimbeul s'avança et dit :

— Oui, moi.

Un murmure de surprise traversa la foule. Sorcha vit Caden blêmir. Puis elle s'évanouit.

MALGRÉ SON APPARENTE DÉCONTRACTION, Caden avait les nerfs à vif.

Il avait attendu ce moment. Il sentit Sorcha s'effondrer à côté de lui et se déplaça rapidement pour la rattraper et la prendre dans ses bras. Il cria le nom d'Alec. Quelqu'un arracha les rubans de son poignet, lui causant une douleur cuisante.

— Je m'appelle Padruig Caimbeul, lança une voix d'homme. Et vous présumiez pouvoir épouser ma fille sans mon consentement ! Par les lois de Scotia et de David mac Mhaoil Chaluim, je vous défie, pour défendre mon honneur ! Le gagnant remporte tout, nous nous battrons jusqu'à la mort !

Sorcha passa dans les bras de quelqu'un d'autre. Le transfert se fit en douceur. Caden sut instinctivement qu'il l'avait remise à quelqu'un d'attentionné. Les derniers rubans furent arrachés de son poignet.

Il était prêt à se battre, bien qu'aveugle. Ses yeux ne voyaient rien, mais ses autres sens étaient plus développés que jamais. En privé, il avait recommencé à brandir la hallebarde de son ancêtre. Il n'était pas tout à fait pris au dépourvu. Mais tandis qu'il se tenait là, léché par les flammes du feu sacré, ses oreilles perçurent d'autres sons. Quelque chose se passait.

Il n'entendit pas une seule, mais deux lames siffler

dans la nuit. Une épée sortit de son fourreau et s'immobilisa. L'autre lame fendit l'air, se dirigeant irrévocablement vers Caden. Il était impossible de dire ce qui se passa ensuite, car tout arriva si vite. Intuitivement, Caden leva les mains et se prépara à la lourdeur de la hallebarde de son grand-père. C'était le même instinct qui l'avait poussé à rattraper Sorcha ce jour-là dans les escaliers. Dès lors, il avait deviné ce que son cœur ne voulait pas admettre.

Une ombre passa devant la lune, révélant tout à ses yeux. Il vit la hache fondre sur lui et l'attrapa par le manche. La foule retint son souffle.

Le dernier morceau de ruban rouge s'envola avec une rafale de vent. Devant ses yeux se tenait un homme gras à la barbe grise. Revêtu d'une armure anglaise, il ressemblait à quelqu'un venu faire la guerre, pas la paix.

Derrière lui se trouvait Alec. Il ne tenait plus la hache de Caden, bien que ses mains soient toujours en l'air, après avoir lancé la Bête.

Tout à coup, la foule se recula comme un seul homme. Un instant, les sourcils du gros se tordirent comme des chenilles grises : il se rendit compte que Caden n'était plus aveugle. Il lui fallut un moment pour se remettre de sa surprise, puis un cri monstrueux franchit ses lèvres :

— Maudit bâtard ! s'écria-t-il.

Caden leva le bras pour se préparer à manier la lame de ses ancêtres.

Il n'avait pas le temps de calibrer son geste. L'épée tirée, Padruig Caimbeul se précipitait déjà sur lui. Mais l'attaquant ne pouvait pas savoir que Caden visait comme un champion, ni combien la Bête pouvait être mortelle. Il ne pouvait pas savoir, comme Caden jusqu'à maintenant, qu'il suffisait à son adversaire de faire confiance à sa vue, comme il faisait confiance à son épouse.

— Pour Davie, dit Caden en brandissant sa hache.

Les lames se heurtèrent en plein vol. Leur choc retentit comme un rugissement.

— Pour Sorcha ! s'exclama-t-il d'une voix plus forte, sa confiance restaurée.

Padruig Caimbeul para le coup et retrouva vite son équilibre, car son épée était légère. Mais Caden se tourna brusquement et lança son arme de toutes ses forces. Cette fois, comme à chaque fois, sa lame rencontra sa cible, tranchant directement à travers le métal, puis la chair et l'os. On n'entendit plus de vacarme métallique. Ni de cris de guerre. Un silence impénétrable s'abattit sur la foule rassemblée. Mais Caden ne s'attarda pas à regarder le corps de Padruig Caimbeul tomber à terre. Il s'éloigna pour marcher dans les pas de Brighde, qui avait porté sa femme jusqu'au donjon. Il ne voulait pas voir Sorcha pour la première fois dans les yeux de son père mort.

CHAPITRE 16

Sorcha se réveilla dans la chambre du laird, et une fois de plus dans le lit de Caden. Cette fois, son époux était assis à côté d'elle et la regardait dans les yeux – *la voyait*, réalisa aussitôt Sorcha, folle de joie.

Caden se pencha pour murmurer à son oreille :

— Il semblerait que tu reviennes immanquablement dans mon lit, et je t'en suis vraiment reconnaissant.

Sorcha essaya de répondre, mais les larmes l'empêchaient de parler. Elle s'assit, saisit son époux par le torse et pleura sans gêne dans sa tunique ensanglantée.

Il lui caressa les cheveux.

— Mon tendre amour... Je pensais ne jamais connaître la joie de *voir* ton visage, lui confia-t-il. Tu es si jolie. Je suis comblé, parce que je ne suis pas tombé amoureux de la beauté de ton visage, mais de celle de ton cœur.

— Comment ? demanda Sorcha.

Caden se mit à rire doucement.

— Comment puis-je t'aimer ou comment puis-je te voir ?

Sorcha porta la main à son visage, s'émerveillant du reflet dans ses yeux d'un bleu profond.

Il lui saisit la main et la serra.

— Je ne sais pas, mon amour. Dis-moi seulement, veux-tu toujours de moi, maintenant que je ne suis plus aveugle, mais probablement toujours avec le même sale caractère ?

Sorcha éclata de rire et s'agrippa à sa tunique avec une joie sans réserve.

— *A-chaoidh*, Caden Mac Swein. Toujours. Et je t'aimerai avec la même ardeur jusqu'à mon dernier souffle.

— Promets-le-moi, murmura-t-il de nouveau à son oreille.

— Je te le promets ! dit-elle. Oui, je te le promets !

Ce fut au tour de Caden de rire. Il le fit sans retenue, d'un rire grave et puissant, tout en serrant possessivement Sorcha contre sa poitrine, comme un trésor qu'il n'aurait jamais cru pouvoir posséder.

Sorcha se souvint alors de la femme du nom de Brighde qui lui avait murmuré à l'oreille.

— Où est-elle ? s'écria-t-elle.

— Qui, mon amour ? demanda Caden, la tenant toujours contre lui.

— Brighde. Je la connais !

— Elle est partie, répondit-il d'un ton grave. Ton père aussi.

Sorcha resta un long moment sans pouvoir parler. Puis elle osa demander :

— Morte ?

— Non, seulement ton père, *cèol mo chridhe*, musique de mon cœur. Brighde reviendra un jour, comme elle l'a toujours fait depuis que je suis enfant. Je ne sais pas comment elle fait pour rester aussi jeune, mais elle doit être vieille comme le monde.

Les deux ne faisaient qu'une. Una et Brighde. Il n'y avait pas d'autre explication possible et Sorcha avait tant d'autres choses à dire, mais l'émotion l'empêchait de parler.

Lentement, Caden desserra son étreinte et la prit par les épaules.

— Écoute-moi bien, *mo chridhe*, mon cœur, il y a quelqu'un d'autre qui voudrait te parler si tu le permets.

Avant que Sorcha n'ait le temps de réagir, son frère Aidan entra précipitamment dans la chambre, inquiet comme elle ne l'avait jamais vu.

— Sorcha ! s'écria-t-il. Que la Cailleach soit louée !

— Ou Brighde, murmura Sorcha en adressant un sourire hésitant à son frère.

Un jour, elle lui raconterait tout. Ou peut-être pas. Si Una n'avait pas révélé son identité aux autres, il y avait sans doute une raison, et Sorcha ne voulait pas la contrarier.

Elle pria Caden de la laisser descendre du lit et se leva pour aller se jeter dans les bras de son frère, sans réfléchir, muette d'émotion. Puis elle aperçut Keane par-dessus l'épaule d'Aidan. Elle relâcha Aidan pour aller embrasser le plus jeune de ses frères. En vérité, elle avait pensé ne plus jamais les revoir. Et elle avait cru à tort ne plus le vouloir. Mais, mon Dieu, tant de choses s'étaient passées depuis son départ de la vallée !

Sorcha était seulement triste que Lìli ne soit pas là pour assister à leur réunion. Même si elle devait vivre cent mille ans, elle ne tiendrait plus jamais ses frères et sœurs pour acquis. Le sang d'un démon coulait peut-être dans ses veines, mais parfois, même les démons étaient privilégiés. Padruig avait eu la chance d'engendrer deux filles au cœur pur. Mais il avait été trop aveugle pour voir que ses forces résidaient en elles. Une belle ironie du sort, sachant qu'il avait été abattu par un homme dont les yeux l'avaient trahi avant qu'il ne se souvienne qu'il était, lui aussi, privilégié.

Aidan et Keane rassurèrent Sorcha en lui affirmant que tout le monde allait bien. Inquiets et dans l'attente de nouvelles, mais en bonne santé. Cailin et Lìli étaient de retour dans la vallée. Lianae attendait Keane à Dunràth. Lael était de nouveau enceinte. Catrìona ne savait rien de l'épreuve de Sorcha, mais la veille du départ d'Aidan, on avait appris qu'elle aussi attendait un enfant. Enfin, avec onze ans de retard !

Sorcha n'était pas encore enceinte. Elle n'aurait d'ailleurs pas parlé de ces choses à son frère aîné, mais elle avait la ferme intention de faire bon usage de la luxure de Caden à toute occasion.

Elle partagea un sourire entendu avec son époux, puis Caden chassa tout le monde de sa chambre pour donner à Sorcha le temps de « se reposer ». Quelques heures plus tard, quand ils réapparurent dans la grande salle, main dans la main, les tables étaient occupées par les invités de la famille. Sorcha se sentit embarrassée en réalisant qu'ils avaient pu les entendre dans la tour, surtout quand elle découvrit qu'ils étaient honorés de la présence du roi.

À en juger par les sourires échangés, ils en avaient peut-être entendu un peu trop. Mais par miséricorde, personne ne dit rien. Et spécialement pas ses frères. Bessie osa lui faire la remarque qu'elle allait bientôt se retrouver avec un gros ventre. Elle faisait peut-être référence à la qualité et à la quantité des généreuses offrandes, une fois tous leurs cadeaux descendus des bateaux, mais Sorcha en doutait, au vu de la lueur coquine dans son regard.

Le banquet du soir fut bien plus sobre, même si dehors les réjouissances se poursuivaient. À l'intérieur de la grande salle de Rònaigh, on ne distinguait plus que vaguement le son lointain du luth et le murmure des voix. Il n'était pas convenable de continuer à danser et à chanter quand un homme était mort, sans oublier le fait qu'il s'agissait du père de Sorcha, quels qu'aient été ses péchés. Pendant la conversation qui suivit, Sorcha apprit qu'en raison d'un malentendu, Aidan et Keane étaient arrivés tard au festival. Ils s'étaient rendus avec David sur l'île de South Rònaigh, un peu plus proche de Skye. MacLeod lui-même les avait reconduits vers la mer du Nord. Malheureusement, ou heureusement selon le point de vue, ils étaient arrivés après la confrontation entre Padruig et Caden.

Quant à son père, ils remirent son corps, tête et torse compris, à David mac Mhaoil Chaluim pour qu'il le rende à sa veuve. Saundra Caimbeul dut renoncer aux terres et aux biens de Padruig, comme il l'avait lui-même décrété par ses paroles audacieuses juste avant la bataille. Ils furent finalement remis à Caden le dernier soir de la visite du roi à Rònaigh, en échange de la fidélité de Caden à la Couronne de Scotia. Cette nuit-là, pour la plus grande joie du peuple de Rònaigh, la salle retrouva sa gloire d'antan. Les tapisseries étaient propres. Par terre, on avait déposé des joncs frais parsemés de fleurs jaunes. Tous les habitants de l'île pouvaient les identifier.

Le siège d'honneur, la chaise légendaire autrefois occupée par le grand Conn lui-même, fut offert à David mac Mhaoil Chaluim. Les Mac Swein, qui ne s'étaient encore jamais liés à un souverain, le firent maintenant, pliant le genou devant David mac Mhaoil Chaluim au cours d'une cérémonie formelle devant de nombreux témoins.

En retour, David permit à Caden de dresser l'étendard du lion sur les sept tours de pierre de Padruig. Après s'être éclairci la gorge, David se leva pour porter un toast à Mac Swein et à sa jeune épouse.

— Au clan Chattan ! lança-t-il. *Le clan du chat.* Puissent vos fils et vos filles vous couvrir de gloire, comme le firent jadis vos ancêtres.

Et pour prouver que du pur sang scot coulait dans ses veines, il ajouta :

— *Móran làithean dhuit is sìth !* Puissiez-vous vivre longtemps et en paix.

— *Alba gu brath !* répondit la foule en chœur, sans hésitation. Vive la Scotia !

ÉPILOGUE

De grès rouge, et supposément construite avec la pierre dans laquelle *An Lia Fàil* avait été taillée, *Inbhir Nis* était une métaphore de la chute d'un peuple, avec ses sept magnifiques tours de pierre, représentant les sept nations pictes conquises.

Pourtant, le château n'avait pas été érigé comme un monument à leur destruction. Là, à l'embouchure du fleuve Ness, les trois premières tours avaient été bâties par Malcom mac Dhonnchaidh, le père du roi David, peu après avoir brûlé le château de MacBeth. Plus tard, Padruig Caimbeul avait ajouté quatre autres tours, puis en avait commencé une huitième, jamais achevée. Sorcha pensait que cette huitième tour devait représenter la chute de Dubhtolargg. Mais comme Padruig n'avait pas réussi à éliminer la dernière tribu picte, la tour était en ruines, un symbole d'arrogance disgracieux dont elle et Caden ne s'étaient pas encore occupés. Mais quelle ironie ! La plus jeune des gardiens était désormais la châtelaine d'un domaine destiné à célébrer la fin de sa tribu ! Padruig avait été tellement obsédé par leur disparition que, enragé par leur persévérance, il était devenu possédé.

Et tout cela pour rien.

Sorcha aurait pu lui dire que son monument ne valait rien. La vraie pierre du destin n'était pas faite de grès rouge, mais d'une roche sombre, comme les falaises de Rònaigh. La fausse pierre de Scone était une réplique taillée dans la pierre rouge que l'on trouvait dans les Highlands du Nord, du Loch Ness à la côte nord de Caithness. À présent, la pierre était retournée à la terre dont elle était issue, comme un grain de sable noir sous les *Am Monadh Ruadh*.

Un jour, elle et Caden débarrasseraient la cour de ses décombres et y construiraient une fontaine, comme celle qui ornait la cour de Lilidbrugh. Jusqu'à sa fin tragique, Lilidbrugh avait été le siège ancestral de Fidaig, le cœur du clan de Sorcha, au temps où leurs terres portaient toutes les noms des fils de Cruithne : Cat, Fidaig, Ce, Fódla, Circhenn, Fortriú et Fib. Sa propre tribu était de Fidaig, jusqu'au jour où ils avaient volé la pierre et s'étaient enfuis dans la Mounth, où ils s'étaient détachés de leurs origines. Néanmoins, tout ce que Padruig pouvait réellement savoir était que les dún Scoti étaient de sang picte. Tout le reste était un secret qui mourrait avec les membres du clan de Sorcha.

Quant à Sorcha, elle avait sa vie devant elle. Elle et Caden avaient maintenant deux filles.

À peine un an après leur mariage, elle avait donné naissance à une petite fille. L'année suivante, pendant leur premier Yule ensemble à Inbhir Nis, elle lui en avait donné une autre. Et elle était de nouveau enceinte. Priant que ce soit un fils, elle avait pourtant l'intuition que ce serait une autre fille.

Près de deux mois s'étaient écoulés depuis que Caden avait été convoqué au château de Carlisle.

En signe d'unité, les barons de David et tous ses

comtes l'avaient accompagné à Durham, où il avait rencontré Mathilde de Boulogne, l'épouse d'Étienne. Même Aidan avait daigné se joindre à eux pour afficher la confiance qu'il accordait au roi de Scotia. Pour ses efforts, David avait obtenu tous les compromis nécessaires pour mettre fin à l'anarchie avec l'Angleterre. Quant à Sorcha, toutes ces guerres futiles n'avaient aucun sens à ses yeux. Elle était au courant de choses que même le roi de Scotia ne saurait jamais. Elle savait par exemple où était enfouie la vraie pierre du destin. *Pas à Scone.*

Malheureusement, ni David ni aucun autre roi ne s'assiérait jamais sur cette pierre pour être couronné. Elle était perdue pour toujours pour la Scotia, comme semblait l'être Una. Mais Sorcha chérissait tous les petits souvenirs qu'elle avait de la seule mère qu'elle ait jamais connue, les conservant soigneusement dans son cœur.

Quant à la Scotia... l'unité serait une joie éphémère sans cette pierre bénie. Mais Sorcha était heureuse qu'ils connaissent la paix pour un temps. Hélas, les hommes ne façonnaient pas les destinées.

Ce soir-là, alors que Sorcha attendait le retour de son époux le laird, elle fit sa ronde dans le château, s'assurant que tout était en ordre, avant de monter les marches conduisant à la chambre des enfants.

Ce château était beaucoup plus grand que Dunrònaigh, avec un personnel deux fois plus nombreux que toute la population de l'île de Rònaigh, mais elle avait Afric pour l'aider. Bessie et Alec étaient restés s'occuper de Rònaigh. Et surtout, Sorcha n'était qu'à deux jours de Dubhtolargg. Quand sa douce sœur lui manquait, il lui suffisait de rassembler ses enfants et de se mettre en route. Bien sûr, Caden n'approuvait pas qu'elle voyage sans escorte. Sorcha ne prenait plus de risques non plus, pas avec deux petites filles, et une autre en route. À présent, même sa sœur Lael n'était plus aussi hardie.

Les bougies de la chambre étaient déjà éteintes. Un petit brasier brûlait au centre de la pièce, donnant une lueur chaude et cuivrée à la pierre. Les deux filles étaient blotties l'une contre l'autre dans leur lit.

À deux ans, Brigit était une enfant blonde aux yeux bleus brillants, comme son père. Elle n'avait aucune volonté pour résister aux bonbons, mais elle en avait certainement pour se rebeller contre l'autorité. Un jour, Sorcha se ferait des cheveux blancs à cause d'elle. Blancs comme ceux d'Una.

Ria, en revanche, était calme et d'humeur égale, avec ses cheveux noir corbeau et de grands yeux verts. Elle ressemblait davantage à la mère de Sorcha et portait son nom, comme sa nièce. Ria pour Riannag, et pour cette étoile qui l'avait conduite vers l'ouest, vers un pays lointain où elle s'était trouvée et avait épousé un prince…

C'était l'histoire qu'elle racontait à ses petites filles. L'histoire qu'elle racontait à tout le monde, car c'était la vérité. Un peu de foi, un peu d'intuition, et une grande fureur avaient conduit ses pas vers les forêts d'Inbhir Nis, à travers les comtés nordiques, jusqu'à Lochinver, là où son destin l'attendait à bras ouverts.

Sorcha poussa un soupir de contentement en observant ses angelots qui dormaient paisiblement. Une fois réveillées, elles se comporteraient en vraies petites diablesses.

Heureusement, Caden devait revenir le lendemain, juste à temps pour rompre le jeûne. Ce ne serait pas trop tôt. Il lui manquait désespérément. Se tenant là, pensant à ses douces sœurs et se demandant comment elles allaient, Sorcha se rendit compte qu'attendre était le lot de toute femme. Cependant, le fait de savoir qu'elle avait des attaches dans toute la Scotia lui apportait une certaine sérénité : Lianae dans le comté de Moray, Lael à Keppenach, Catrìona à Chreagach Mhor, Lìli à Dubhtolargg. Et enfin, Cailin à Carlisle, où Cameron servait dans la garde personnelle du roi. Sorcha l'avait revue quelquefois à la cour de David, mais leur dernière rencontre remontait à un certain temps.

À l'instant, on frappa à la porte de la chambre.

— Entrez, dit-elle.

Une servante entra, l'air penaud.

— Madame, il y a une vieille femme en bas qui prétend avoir gardé quelque chose pour vous.

— Une vieille femme ?

Le cœur de Sorcha fit un bond, comme à chaque fois qu'elle avait l'espoir de revoir Una. Depuis le jour où elle avait épousé Caden, trois ans plus tôt, elle n'avait jamais reposé les yeux sur la femme qui s'appelait Brighde. L'étoile du destin était venue et repartie, une fois pour toutes. Il en était de même pour Brighde, ou Una. Sorcha avait tellement espéré la revoir. Mais elle avait complètement disparu.

Voyant l'expression de Sorcha, la servante s'excusa :

— Je suis vraiment désolée pour cette intrusion, madame. Dois-je la renvoyer ?

— Non, répondit Sorcha en portant un doigt à ses lèvres, pour lui faire signe de ne pas réveiller les filles.

Elle remonta leurs couvertures et les regarda une dernière fois. Elle leur envoya un baiser et sortit précipitamment. Une fois la porte refermée derrière elle, elle demanda à la servante dans le couloir :

— Cette femme a-t-elle dit quelque chose d'autre ?

— Non, madame. Elle a seulement dit qu'elle voulait vous parler.

— Très bien. Fais-la entrer dans la grande salle, s'il te plaît. Je vais la recevoir tout de suite.

— Oui, madame, répondit la fille avant de faire une révérence et de s'éclipser.

Pouvait-il s'agir d'Una ? Enfin !

Respirant profondément, Sorcha essaya de ne pas être surexcitée, mais elle l'était. *Qui d'autre pourrait venir lui rendre visite à cette heure-là ?* À moins que ce ne soit quelqu'un qui apporte des nouvelles de Caden ? Mais les choses allaient bien à Durham, et toutes ses servantes connaissaient ses sœurs. Si c'était l'une d'elles, la fille l'aurait dit.

Qui cela pouvait-il être ?

Sorcha s'immobilisa à l'entrée de la salle. Une femme qu'elle ne connaissait pas se tenait près de l'estrade. Ce n'était pas Una. Ni Brighde.

Déçue, Sorcha s'avança néanmoins dans la salle en se redressant, la tête haute.

— Bienvenue, dit-elle gentiment. Je suis la maîtresse d'Inbhir Nis.

Elle n'était en effet plus une jeune fille, mais cela ne la dérangeait pas du tout.

— Que puis-je faire pour vous ? poursuivit-elle.

La femme se tourna vers Sorcha et sourit.

— Bonjour, Sorcha, dit-elle. Tu ne me connais pas, mais je te connais. Je m'appelle Uhtreda.

— Uhtreda ?

Il était impossible de déterminer l'âge de cette femme. Selon l'angle sous lequel Sorcha inspectait son visage, elle semblait plus jeune ou plus vieille. Mais pour une femme âgée, elle était très jolie, avec ses cheveux noirs et ses yeux azur. Elle portait des tresses, comme une servante, avec des rubans dorés. Sa robe était également finement cousue, tissée de minuscules fils d'or.

— Je suis une amie de Lianae.

La femme de Keane. Sorcha releva le menton, se demandant qui pouvait être cette femme. La mère et les sœurs de Lianae étaient mortes depuis longtemps. Elle avait une tante qu'elle n'aimait pas particulièrement. Il lui restait seulement deux frères, Graeme et Lulach, un qu'elle aimait et l'autre qu'elle détestait.

— Mon fils est le comte de Moray, expliqua la femme, tenant en main une pochette bleue, d'un tissu assorti à sa robe saphir.

Le comte de Moray était un homme puissant, la main droite du roi, en réalité. Et néanmoins, Sorcha avait l'impression que la femme n'était pas venue au nom de son fils.

— Oui, dit Sorcha, je vous connais, dame Uhtreda. Entrez, je vous en prie.

— Comme tu es courtoise ! déclara la femme.

Sorcha la conduisit directement vers le solarium, où elles pourraient parler plus intimement.

— Quel agréable solarium ! s'exclama Uhtreda.

Il l'était de fait.

Il y avait des coussins colorés ici et là et les chaises étaient toutes recouvertes de velours de Paris. Toutes achetées par Padruig. Bien que le tout soit d'un bel effet, Sorcha avait des goûts plus modestes. Cependant, elle ne se sentait plus encline à expliquer que ces extravagances n'étaient pas les siennes. Peu à peu, elle s'était habituée aux serviteurs, aux tapisseries élaborées et à tous les vases dorés.

— Merci, dit-elle. D'après ce que je sais, la maîtresse précédente aimait passer du temps ici, avec sa seule fille, lorsqu'elle était jeune.

Elle parlait bien sûr de Lìli et de sa mère, mais c'était plus facile de ne pas mentionner cela. Une telle tragédie que les deux ne se soient jamais réconciliées. Mais elles avaient dû passer de bons moments ici, Sorcha pouvait toujours y percevoir l'écho de la joie de Lìli.

Les deux dames restèrent ensemble jusque tard dans la nuit. Uhtreda raconta à Sorcha les histoires de son père, Gospatrick, et de leur infâme ancêtre, Uchtred le

Hardi, tous deux rois de Northumbrie. Mais elle omit bien sûr de mentionner qu'elle avait été l'épouse de Duncan, également roi des Scots, mort assassiné. Elle était noble et aux manières impeccables. Même s'il y avait une certaine douceur en elle, Sorcha sentait aussi quelque chose de plus sombre. À un moment donné, Uhtreda tendit le bras pour toucher la main de Sorcha. Celle-ci ressentit un choc, comme si elle avait été frappée par la foudre. Elle poussa un petit cri, mais Uhtreda retourna la main de Sorcha et y déposa un bijou. Il lui sembla familier. Pourtant, Sorcha ne l'avait pas vu depuis si longtemps...

C'était le cristal qui ornait la poignée du bâton d'Una, une petite pierre scintillante qui semblait parfois changer de couleur. D'après Una, c'était comme cela qu'elle savait toujours quand Sorcha et ses frères et sœurs disaient la vérité ou non, car la pierre précieuse était comme une pierre d'esprit, changeant de couleur selon l'humeur.

Sorcha ouvrit la bouche pour parler, mais aucun mot ne sortit.

La voix d'Uhtreda était douce et apaisante, comme un ruisseau de montagne.

— Quel que soit son nom, Biera, Brighde ou Merlin, Una ou la Cailleach, elle sera toujours avec toi, Sorcha. Tu sais ce qu'on dit, que peu importe le nom donné à une rose, elle sentira toujours aussi bon, n'est-ce pas ? Alors, dis-moi, ma chère, as-tu gardé le livre ?

Comment pouvait-elle être au courant pour le livre ? Sorcha le cachait tout au fond du coffre de sa chambre, avec sa *keek stane*. Elle ne les avait pas oubliés, mais elle ne s'en servait pas.

La *keek stane* était restée silencieuse depuis le jour où elle lui avait révélé son lien de parenté avec Padruig. Et le grimoire... Sorcha avait en fait mémorisé toutes les potions. Elle le consultait de temps en temps, juste pour être sûre. Mais sinon, les trois objets restaient enveloppés dans la robe de la mère de Caden, celle qu'elle avait portée pour son mariage. Sorcha fit oui de la tête, sans pouvoir parler.

— Bien, très bien, fit Uhtreda en refermant la main de Sorcha sur la pierre précieuse. Garde-la soigneusement, ma chère. Tes précieuses filles et petites-filles seront celles qui guériront cette terre. Trouve-leur de bons hommes, dignes de ce nom, qui apprécient les femmes fortes. Enseigne-leur ce que tu sais. Et puis un jour...

Elle hésita, comme si elle voulait en révéler beaucoup plus.

— Un jour, la boucle sera bouclée. Et la prochaine fois, tout sera peut-être différent.

— Différent ? demanda Sorcha, clignant des yeux. Comment ça, différent ?

La femme poussa un profond soupir. Ce qu'elle savait semblait lui alourdir les paupières.

— Ma chère, le temps est comme une pelote de laine, expliqua-t-elle. Parfois, on tire un fil et tout se déroule... d'une manière différente... n'est-ce pas ?

Habituée toute sa vie à l'imprécision des prophéties d'Una, Sorcha opina de la tête. Son mentor lui manquait terriblement. Elle regarda dans les yeux bleu clair d'Uhtreda, ressentant une parenté avec la vieille femme. Mais un événement mit soudain fin à leur rencontre : un coup de corne retentit et une grande commotion se fit entendre dans le château.

Uhtreda sourit.

— Ton seigneur est de retour, lui dit-elle. Tu dois aller l'accueillir, et moi je dois retourner à Moray attendre mon fils. Ces hommes, se lamenta-t-elle, que feraient-ils sans une femme forte pour les guider ?

Sorcha savait ce qu'ils feraient. Elle se souvenait de la manière dont son époux et Alec avaient géré Dunrònaigh – autrement dit, pas du tout géré. Elle rendit son sourire à la femme et posa une main sur son ventre, avant de se lever.

— Ce sera une fille, affirma Uhtreda.

— Je sais, dit Sorcha avec un sourire.

Elle prit congé de la femme après lui avoir offert une chambre pour la nuit. Puis elle alla saluer son époux le laird. Caden était déjà dans la cour quand Sorcha arriva. Elle courut dans ses bras.

— Enfin ! s'écria-t-elle.

Son époux l'enlaça tendrement et la couvrit de baisers. Il sentait la pluie, le cheval et la sueur, et des jours et des jours de voyage. Mais c'était l'odeur unique de son époux qui faisait naître le désir en elle.

— J'ai l'impression que je t'ai manqué, ma femme ?

— *A-chaoidh*, murmura-t-elle, toujours et à jamais. Il semblerait que tu reviennes immanquablement dans mon lit, le taquina-t-elle en répétant les premiers mots que Caden lui avait dits lorsqu'elle s'était réveillée après la trahison de son père. Et je t'en suis vraiment reconnaissante.

Caden leva les sourcils.

— Vraiment reconnaissante ?

Sorcha le prit par la main.

— Eh bien, mon laird, pourquoi ne pas me laisser te le prouver sur-le-champ ?

Elle le fit. À maintes reprises. Encore et toujours... jusqu'à la fin de leur vie.

Eh bien, chers lecteurs et lectrices, nous voici arrivés à la fin de ce récit, du moins en ce qui concerne les gardiens. *Tant* de choses m'ont inspirée dans cette série, et l'histoire de l'Écosse se prête à une riche tapisserie. J'ai fait de mon mieux pour tisser ensemble histoire et légendes. Mais, comme toujours, n'oubliez pas que la prérogative d'un écrivain est de pouvoir modifier l'histoire pour le divertissement de ses lecteurs. Toute histoire modifiée n'est cependant pas pour autant inauthentique...

Je suis certaine que vous aurez compris que l'étoile que suivait Sorcha était la comète de Halley. Elle revient tous les soixante-quatorze à quatre-vingt-neuf ans. Pour le bien de l'intrigue, elle est apparue un peu tôt (son passage ayant réellement eu lieu en 1145). Chaque fois qu'elle revient, sa proximité avec la Terre détermine combien de temps elle restera dans le ciel et si elle sera facilement visible à l'œil nu ou non.

Quant à *An Lia Fàil*, autrement connue sous le nom de pierre du destin ou pierre de Scone, et par certains sous celui de *clach-na-cinneamhain*, beaucoup de légendes l'entourent. Tout au long de l'histoire, on l'a volée, cachée, enlevée ou placée sous des trônes. De nos jours, nous ne pouvons toujours pas dire avec certitude laquelle est la vraie pierre et où elle se trouve. Un rapport du XIXe siècle mentionne deux garçons qui exploraient un glissement de terrain sur la colline de Dunsinane, à proximité d'une ancienne colline fortifiée où se dressait le château de Macbeth (le château d'Inbhir Nis ou Inverness original). Là, les garçons découvrirent une faille et une grotte, à l'intérieur de laquelle ils trouvèrent une pierre noire aux inscriptions mystérieuses. Des années plus tard, on retrouva la grotte. On y trouva non seulement la pierre en question, mais également deux tablettes. On envoya la pierre à Londres pour y être examinée. On ne la revit plus jamais. Véridique. Quand on parle de conspirations originales !

Disons aussi un mot sur la cécité de Caden. On l'appelait jadis la cécité hystérique. Le nom moderne est « trouble de conversion », condition qui se présente après un traumatisme insupportable. Le remède n'est pas clairement défini puisqu'il s'agit d'un trouble d'origine essentiellement psychologique. La cécité peut être temporaire, et durer des jours, des mois ou des années, ou elle peut être permanente. Souvent, néanmoins, une fois les causes de stress éliminées, le patient peut se remettre complètement. Il y a tant de choses que la médecine ignore, mais on sait que le millepertuis possède de remarquables propriétés capables de diminuer le stress. Je m'avancerai à dire qu'une thérapie visant à la fois le corps et l'esprit est nécessaire pour guérir ce trouble, accompagnée d'une grande foi.

Et l'île de Rònaigh ? Aujourd'hui, on la connaît sous le nom de North Rona. Elle se trouve bien à l'emplacement géographique mentionné dans le livre, mais elle est un peu plus petite. Pourtant, pour une île aussi minuscule, elle a une histoire extraordinaire. Peuplée pendant des siècles (à une échelle bien plus petite que ce que j'insinue dans le livre), elle fut abandonnée au XVIIe siècle, car des rats infectés introduits par un bateau naufragé y auraient déclenché une épidémie de peste bubonique. Une histoire raconte que tout le village fut retrouvé mort, les gens assis à leurs tables ou allongés sur leurs lits.

North Rona est maintenant considérée comme

« zone spéciale de conservation ». Pour moi, c'est toujours un lieu magique, avec ses phoques, ses mouettes et des ruines sur toute l'île. La grotte du Géant existe aussi, ainsi que les ruines de saint Ronan, un moine du VIe siècle qui, pour une raison ou une autre, se retrouva sur cette minuscule île dans la mer du Nord. Pour le reste, eh bien, j'aimerais croire qu'il y a vraiment de la poussière de fée dans le cosmos et qu'elle se propage, comme l'essence de nos histoires. Hélas, ces personnages n'existent que dans mon imagination, et maintenant dans la vôtre. J'espère que vous les porterez dans votre cœur, comme moi dans le mien.

Et maintenant ? L'histoire de Malcom MacKinnon ! Désormais adulte et très différent, il nous emmènera vers les terres frontalières de l'Angleterre, au temps de l'anarchie entre l'Angleterre et l'Écosse. En attendant, bonne lecture !

Alba gu brath !
Vive l'Écosse !

DICTIONNAIRE GAÉLIQUE

Cette liste vous permettra de prendre davantage plaisir à la lecture de ce livre. Pour les mots gaéliques non inclus ici, le sens est explicité dans le texte lui-même.

Am Monadh Ruadh : les Cairngorms (chaîne de montagnes située dans les Highlands, en Écosse), littéralement « les collines rouges », ce qui les distingue des *Am Monadh Liath*, « les collines grises ».

Arisaid : version féminine d'un grand plaid, plutôt utilisée comme un manteau à l'origine, le plaid n'apparaissant que beaucoup plus tard en Écosse. On peut reconnaître chaque clan à la couleur de son *arisaid*.

Aula : salle de réception ou de banquet où le seigneur rendait parfois justice.

Auroch : espèce de bovidés disparue, ancêtre des races actuelles de bovins domestiques.

Bean sìth : banshee, créature féminine surnaturelle de la mythologie celtique irlandaise, considérée comme une magicienne ou une messagère de l'Autre Monde (le *Sidh*).

Ben : montagne.

Breacan : abréviation de *breacan-an-feileadh*, ou grand plaid.

Brollachan : goule, créature monstrueuse.

Corrie : cirque, enceinte naturelle à parois abruptes, de forme circulaire ou semi-circulaire.

Crannóg : construction en bois, souvent sur un plan d'eau, servant de maison aux premiers Pictes.

Dwale : boisson à base de morelle ou de belladone, souvent utilisée comme anesthésique.

Keek stane : pierre de voyance ou boule de cristal.

Loch : lac.

Mo chreach : interjection utilisée pour exprimer la surprise ou la déception.

Mounth : chaîne de collines bordant le sud de la vallée de la Dee, dans le nord-est de l'Écosse.

Quintaine : pièce d'équipement pour l'entraînement aux joutes, souvent en forme de personne.

Reiver : pillard à la frontière anglo-écossaise.

Sluag : dieu du monde des morts.

Targe : petit bouclier circulaire.

Trews : pantalon moulant en tartan.

Uisge beatha : whisky, littéralement « eau-de-vie ».

Woad : colorant extrait du Pastel des teinturiers ou guède, une plante herbacée.

UNE LÉGENDE DES HIGHLANDS

La prophétie d'Uhtreda vous intrigue ? Avez-vous lu **Une légende des Highlands** ? Ne manquez pas la légende à l'origine de tout le reste. Accompagnez Annie Ross dans son voyage de l'Écosse d'aujourd'hui à celle de 878, où elle doit prendre sa place en tant que gardienne de la pierre du destin et trouver le moyen de restaurer la foi d'un puissant chef des Highlands.

Lisez Une légende des Highlands

À PROPOS DE L'AUTEUR

Les romans de Tanya Anne Crosby figurent sur de nombreuses listes de best-sellers, y compris celles du *New York Times* et de *USA Today*. Chargés d'émotion et d'humour, ses livres aux personnages pleins de défauts lui valent les louanges des lecteurs et d'élogieuses critiques littéraires.

Elle vit avec son mari, deux chiens et deux chats dans le nord de l'État du Michigan.

Pour plus d'informations:
www.tanyaannecrosby.com
tanya@tanyaannecrosby.com